D1422676

ALEXANDRA
CORDES

Das
Zauberkind

AC

ALEXANDRA CORDES

Das Zauberkind

Roman

Alexandra Cordes Edition
Schneekluth

Sonderausgabe des
Schneekluth Verlages, München
Schneekluth, ein Verlagsimprint der Weltbild Verlag GmbH, Augsburg
© by Franz Schneekluth Verlag
Einbandgestaltung und Aquarell: Andrea Schmidt
Gesamtherstellung: Presse Druck Augsburg
Printed in Germany 1998
ISBN 3-7951-1673-2

1.

Die Boeing setzte zum Anflug auf Köln-Wahn an; Christine Geldern konnte unter sich die Lichter der großen Stadt, aber auch den dunklen Fleck der Wahner Heide sehen – und sie freute sich, wieder nach Hause zu kommen.

Sie hatte zwei Tage in Frankfurt für ihren Chef verbracht, für ihn Dinge geregelt, die mit dem Kauf eines Grundstücks zusammenhingen.

Die Landung klappte glatt; es war kein Nebel wie sonst so häufig im November.

Als sie in die Ankunftshalle trat, bot sich ihr ein überraschendes Bild; ein Ring von Menschen hatte sich vor der Bar gebildet – um einen Mann, der sie alle überragte. Er trug eine amerikanische Uniform ohne Achselstücke; und in diesem Moment schrie er auf wie ein Tier: »Ihr verdammten Zivilisten! Ihr verdammten Schweine!« Und mit einer weitausholenden Gebärde warf er Gläser, Tassen, Flaschen vom Tresen der Bar. Eine Frau kreischte, ein Mann rief: »Polizei! Polizei!«

Und dann wandte der Amerikaner sich um, sah Christine direkt an, schob die Leute um sich zur Seite und kam auf sie zu.

»Was tust du hier?«

»Ich weiß nicht, was Sie meinen«, sagte sie.

»Du spionierst mir nach!« Er packte ihren Arm.

»Bitte, lassen Sie mich los. Ich kenne Sie nicht.«

Sie schaute in seine Augen und sah, daß er krank war, ja, krank, nicht betrunken oder unter Drogen stehend, wie sie zuerst angenommen hatte.

»Ich heiße Christine Geldern«, sagte sie leise, aber sehr deutlich, »ich sehe Sie heute zum erstenmal. Ich erinnere Sie vielleicht an jemanden.«

Er fuhr sich mit der Hand übers Gesicht, das mit einemmal schweißnaß war.

»Entschuldigen Sie«, murmelte er, »ich dachte, meine Frau – diese Ähnlichkeit. Sie sind –«

»Was ist hier los! Kennen Sie diesen Mann?« Ein Polizist stand plötzlich neben Christine, ein zweiter nur knapp hinter dem ersten.

»Ja«, sagte sie spontan. »Und der Herr ist krank, er braucht ärztliche Hilfe.«

»Er hat die halbe Bar in Klump gehauen!«

»Ich werde dafür sorgen, daß das in Ordnung gebracht wird.« Christine nahm eine Visitenkarte aus ihrer Handtasche, gab sie dem Polizisten.

»Verzeihen Sie, gnädige Frau, aber –«

»Ich bin die Privatsekretärin des Bundestagsabgeordneten Doktor Fleißner. Sie können sich auf mein Wort verlassen.«

Ein Herr von der Flughafenverwaltung eilte hinzu, ein anderer von der Lufthansa.

Christine erklärte sehr bestimmt, daß der Schaden in Ordnung gebracht werde, ihr Bekannter jedoch schnellstens ärztliche Behandlung brauche.

6

Sie schrieb einen Anzahlungsscheck für den entstandenen Schaden aus; man sagte, die endgültige Rechnung werde ihr zugestellt.

Der Amerikaner stand zwischen ihnen wie erstarrt, die Augen jetzt geschlossen.

»Kommen Sie, mein Freund«, sagte Chhristine und nahm seinen Arm. Er folgte ihr willig wie ein Kind, wie ein kleiner Junge, der sich verlaufen hat.

Vor dem Flughafengebäude wartete der Chauffeur ihres Chefs.

»Guten Tag, Herr Michels«, sagte sie. »Bitte bringen Sie uns zu Doktor Weitzmann in der Schumannstraße.«

»Selbstverständlich, Fräulein Geldern.«

Der Amerikaner stieg folgsam oder wie willenlos zu ihr in die Limousine.

Wieder lief der Schweiß über sein Gesicht, und sie gab ihm Papiertaschentücher aus ihrer Reisetasche.

»Wollen Sie mir nicht sagen, wie Sie heißen?« fragte Christine ruhig, als sie schon auf der Autobahn nach Bonn waren.

»Bill oder Joe, was spielt das für eine Rolle? Wo bin ich hier?«

»Sie waren eben noch im Flughafen Wahn, nun fahren wir nach Bonn.«

»Ich wollte nach Hamburg«, murmelte er. »Oder Frankfurt. Ich weiß es nicht mehr.« Seine Stimme klang undeutlich.

»Sie brauchen ärztliche Hilfe«, sagte sie. »Ich

bringe Sie zu einem Freund. Und danach können Sie fliegen, wohin Sie wollen.«

Er weinte in harten, trockenen Stößen, die durch seinen ganzen Körper liefen.

»Sie brauchen nicht verzweifelt zu sein. Man wird Ihnen helfen.«

»O mein Gott! Ich dachte, ich dachte, Sie wären meine Frau. Aber warum wollen Sie mir helfen? Warum?«

»Ich denke, weil einer es tun muß.«

Dr. Weitzmann bat Christine, im Wohnzimmer zu warten, während er mit dem Amerikaner in seine Praxis ging.

Sie stand am Fenster und schaute hinaus in den Garten, der grau vom Winterlicht war.

Nach einer Stunde kam Weitzmann zu ihr.

»Ich brauche was zu trinken, Sie auch?«

»Nein, danke.«

Weitzmann goß sich einen Schluck Cognac ein.

»Ein schwieriger Patient.«

»Wo ist er jetzt?«

»In unserem Gästezimmer. Ich habe ihm eine Beruhigungsspritze gegeben. Jetzt wird er erst einmal schlafen. Wo haben Sie ihn aufgegabelt?«

»Auf dem Flughafen, das heißt, er hielt mich für seine Frau, die ihm nachspionierte.«

»Er spricht ganz gut Deutsch, seine Frau scheint Deutsche zu sein. Er war in Vietnam. Lange, wahrscheinlich zu lange. Auch in Gefangenschaft. Er leidet zeitweise unter Gedächtnisausfall. Ich habe mir seine Papiere angesehen. Er heißt Herbert Johnson. Lebt in New York, hat ein Flugbillett bei sich, New York–Frankfurt. Was er in Frankfurt wollte oder will, konnte er mir nicht sagen.«

»Es tut mir leid, daß ich ihn einfach so zu Ihnen gebracht habe, aber ich wußte keinen anderen Ausweg. Er verlor in der Flughalle die Nerven. Er schlug um sich. Er tat mir so leid, und niemand half ihm. Die Leute standen bloß herum und gafften und riefen nach der Polizei.«

»Ich werde ihn einfach mal ausschlafen lassen«, sagte Weitzmann, »und inzwischen den Rat eines befreundeten Kollegen der Psychiatrie einholen. Hier, das soll ich Ihnen geben – für den Schaden, den er im Flughafen angerichtet hat.« Weitzmann zog ein Bündel Dollarscheine aus seiner Jackettasche.

»Das ist doch bestimmt alles, was er an Geld bei sich hat.«

»Ja, das denke ich auch.«

»Dann geben Sie es ihm bitte zurück. Ich habe mich schon um die Sache im Flughafen gekümmert.«

»Sie selbstlose Samariterin.«

»Nein, lieber Doktor Weitzmann, ich habe nur daran denken müssen, daß auch mir einmal vor vielen Jahren von wildfremden Menschen geholfen worden ist.«

Sie hörten ein fernes Geräusch im Haus, dann gehetzte Schritte, und noch ehe sie begriffen, was geschah, das Klappen der Haustür.

Sie liefen hinterher.

Aber sie sahen nur noch weit unten auf der Straße die flüchtende Gestalt des Amerikaners wie einen dunklen, großen Schatten.

»Das ist doch nicht möglich«, sagte Weitzmann, »ich bin doch bei ihm geblieben, bis er eingeschlafen war.«

»Er hat Sie getäuscht«, sagte Christine. »Wir wollten ihm beide helfen. Er ließ es nicht zu. Hoffentlich wird ihm nichts Böses geschehen.«

Weitzmann schaute auf das Bündel Dollarscheine, das er noch in der Hand hielt.

»Was tue ich jetzt damit?«

»Zahlen Sie es an irgendeinen Fonds, der Bedürftigen hilft«, sagte Christine.

Im fernen New York fürchtete eine junge Frau, die Christine Geldern wirklich sehr ähnlich sah, daß sie nun ihren Mann für immer verloren hatte. Er war seit vier Tagen verschwunden.

In ihrer Einsamkeit und Verzweiflung rief sie ihre Eltern in Frankfurt an, brachte es dann aber doch nicht fertig, über ihre Ängste zu sprechen.

Ihr einziger Trost war ihr kleiner Sohn. Sie zog ihn warm an und ging mit ihm spazieren durch die weihnachtlich geschmückten Straßen, spendierte ihm und sich heiße Schokolade und knusprige Waffeln in einem kleinen Wiener Café und versuchte, nicht an die Nacht zu denken, die endlos leere, dunkle Nacht, die wieder einmal vor ihr lag.

Sie saßen an einem kleinen Tisch, dessen runde Platte sich fast so kühl wie Marmor anfühlte, aber natürlich aus Plastik war. Dagmar Johnson dachte an das Wien ihrer Jungmädchentage zurück, an das eine Mal, als sie dort gewesen war – eine Reise nach Wien, Geschenk ihrer Eltern zum bestandenen Abitur.

Im Prater blühten wirklich die Bäume, wie es in dem hübschen alten Lied hieß, und es duftete nach Jasmin.

Mit einer kleinen, eigentlich recht netten Reisegruppe, die sich aus ein paar pensionierten Studienräten und Studienrätinnen und einigen Studenten zusammensetzte, war Dagmar nach Wien gekommen.

Sie war die jüngste, und eine Frau Beermann fühlte sich verpflichtet, ein Auge auf sie zu halten, wie sie es nannte. »Mein liebes Kind, Wien ist wie jede Großstadt der Welt zugleich Hölle und Himmel und steckt daher voller Gefahren für ein junges, reizendes Mädchen wie Sie.«

Die Gefahr kam Dagmar in der Gestalt eines hochgewachsenen jungen Amerikaners entgegen, vier Tage vor ihrer Rückkehr nach Frankfurt. Sie begegneten sich in dem kleinen, nur spärlich erleuchteten Flur des Hotels, in dem die Reisegruppe wohnte.

Er blieb abrupt stehen, schaute sie an und schien verwirrt zu sein. Sie blieb langsam stehen und war verwirrt.

»You are – nach Ihnen ich habe mein Leben lang verlangt«, sagte er. »Sie sind das Mädchen aus den Schneebergen, die Prinzessin aus dem Wolkenschloß.«

Und sie sagte: »Sie kennen mich doch überhaupt nicht. Wieso reden Sie so mit mir?«

»Aber es ist wahr«, sagte er. Er nahm ihre Hand und legte sie an seine heiße Wange.

»Ich bin Bill, und wie heißen Sie?«

»Dagmar«, sagte sie und brachte es nicht über sich, ihm ihre Hand zu entziehen. Er küßte ihre Fingerspitzen, und sie sah erstaunt zu, ganz so, als gehöre die Hand gar nicht, ihr.

Und das war der Beginn einer Liebe, die nur vier Tage dauerte. Vier Tage, in denen sie trunken vor Glück und Seligkeit und manchmal auch vom Heurigen waren. Tage und Nächte, die sie an sich selbst und die Stadt verschwendeten.

In der letzten Nacht lagen sie eng umarmt, sie konnten nicht schlafen.

»Morgen muß ich in die Staaten zurück«, und es klang, als meine er den Mond.

»Und ich nach Frankfurt«, flüsterte sie. Er strich über ihre Hüfte bis in die Achselhöhle hinauf, ließ seine Hand dort liegen; ein bißchen zitterte sie, wie ein kleiner kalter Vogel, der sein Nest gefunden hat.

»Könnten wir nicht, könntest du nicht nach Frankfurt kommen?« fragte sie leise.

»Nein, Dagmar, das kann ich nicht.«

»Aber warum nicht? Du hast doch gesagt, du

fliegst, und es gibt doch auch Direktflüge von Frankfurt nach New York.«

»Natürlich gibt es die, Daggy, mehr als genug. Jeden Tag. Aber es würde nichts nützen.«

Sie wartete stumm darauf, daß er weitersprechen würde, stumm, weil sie dachte: Er muß mir doch den Grund erklären. Er war doch mein erster Mann. Und er muß doch wissen, was das für ein Mädchen bedeutet. Und er muß doch auch spüren, daß ich ihn liebe.

Und dann sagte er: »Daggy, ich heirate in einer Woche.«

Es war ihr, als müßte sie erstarren, aber sie tat genau das Gegenteil, schmiegte sich noch enger an ihn.

»Es ist nicht rückgängig zu machen. Ich habe es mir hin und her und her und hin überlegt«, sagte er. »Ich heirate eine ganze Menge Geld, aber das ist nicht der Grund. Ich kann Carol nicht enttäuschen. Ich habe, ich war der Pilot ihrer Eltern und – und wir sind abgestürzt. Nur Carol und ich blieben am Leben. Und seither, seither klammert sie sich an mich. Verstehst du? Ich kann sie nicht enttäuschen.«

Und sie, Dagmar, hatte nur stumm genickt, und sie hatten sich noch einmal umarmt, und dann war sie leise, leise in dem alten hellhörigen kleinen Hotel im Morgengrauen in ihr Zimmer gegangen, hatte sich angekleidet und ihren Koffer gepackt und zu den hübschen neuen Kleidern ihres ersten Ausflugs ins Erwachsenwerden auch gleich ihre Träume davon eingepackt.

Und dann fuhr sie im Bus mit den anderen nach Hause, und die ganze Zeit regnete es, und sie starrte blind nach draußen. Sie wollte eigentlich am liebsten überhaupt nichts mehr sehen.

Ein paar Tage später, zu Hause, kam ihre Mutter abends in ihr Zimmer und brachte auf einem Tablett zwei kleine Weingläser mit, gefüllt mit dem besten Burgunder, den ihr Vater so liebte.

»Er kommt heute abend später«, sagte ihre Mutter. »Sein Schachabend, du weißt.«

»Ja«, sagte Dagmar.

»Und deswegen sollten... Warum sollten wir eigentlich nicht ein bißchen miteinander reden?«

Dagmar schlug die Arme um ihre Mutter und konnte endlich weinen.

»War Wien so scheußlich?« fragte ihre Mutter ein bißchen gewollt spöttisch.

»Nein, Mami, nein, im Gegenteil.« Und sie erzählte von Bill und von der Liebe und vom Jasmin und von den kleinen Weinstuben und vom Hotel, von allem eben, auch daß er – ja wahrscheinlich oder ziemlich genau an diesem Tag in New York geheiratet habe.

»Vier Tage, sagtest du?« fragte ihre Mutter.

»Ja, Mama.«

»Und sie waren schön?«

»Wunderschön.«

»Dann behalte sie in deinem Herzen.«

»Aber –«

»Es gibt Frauen, die nicht einmal vier Tage in ihrem Leben einen Mann wirklich lieben dürfen, ohne daß irgend etwas Schlimmes dazwischenkommt.«

»Aber –«

»Und du bist noch so jung. Du hast gerade erst entdeckt, daß du eine Frau bist. Und du warst vier Tage lang eine glückliche Frau. Ich habe es dir angesehen, obwohl du so traurig aussahst, als du nach Hause kamst.«

»Und jetzt sag mir nur noch, eines Tages wird ein anderer kommen und Bill ersetzen.«

»Aber gewiß«, sagte ihre Mutter, »gerade weil du noch so jung bist. Und jetzt wollen wir ein Schlückchen trinken auf deine vier glücklichen Tage in Wien. Ja, Kind, genau darauf.«

Und sie tranken einen Schluck von dem guten Wein, und dann hörten sie den Vater nach Hause kommen, und wie immer rief er »Küken«, so nannte er Dagmars Mutter, obwohl sie nur knapp zwei Jahre jünger war als er, aber eben so zierlich und klein, daß sie ihm bloß bis zur Schulter reichte.

Ihre Mutter hauchte Dagmar an und flüsterte: »Riecht man was?« Und Dagmar konnte plötzlich wieder lachen, das heißt, sie kicherte bloß. »Ach Mami«, sagte sie, »glaubst du, Papa spielt Schach ohne den roten Glanz eines Burgunders?«

Ihre Mutter lachte leise auf und huschte hinaus, und noch eine Weile lang konnte Dagmar ihre Eltern unten im Wohnzimmer miteinander sprechen hören.

Damals war ich noch glücklich, dachte sie jetzt. Ja, ich lernte wieder lachen und wieder glücklich sein, auch ohne Bill.

Und dann kam ja schließlich Herb, und es war mir, als hätte ich Bill wiedergefunden. Nur war es in den ersten Wochen und Monaten noch viel viel schöner.

»Mum, mir ist kalt«, sagte Oliver, und Dagmar schaute auf, und es war ihr, als schaue sie in die Augen ihres Mannes; aber es waren nur die Augen ihres kleinen Sohnes, und er hatte die Schultern hochgezogen und fror, obwohl das Café überheizt war.

»Gehen wir jetzt nach Hause, Mum?«

»Ja, Oliver, sofort. Und ich will dir was sagen, wir leisten uns sogar ein Taxi.«

»O fein«, sagte er und strahlte. Er fuhr so gern Auto. »Ein yellow Cab wie Gropa, wenn er uns besuchen kommt, oder wie wenn Daddy im Spiel gewonnen hat?«

»Ja, genauso«, sagte sie und schluckte. »Ja, genauso, als hätten wir in der Lotterie gewonnen, das große Los einer kleinen glücklichen Familie gezogen.«

»He, Mummy, das letzte habe ich nicht verstanden«, sagte Oliver. »Warum sprichst du plötzlich deutsch? Du weißt doch, daß ich es nicht richtig verstehe.«

»Verzeih, Oliver«, sagte sie, »es soll nicht wieder vorkommen.«

Sie winkte der Kellnerin; sie war klein und rundlich und sprach nach vierzig Jahre New York immer noch Englisch mit Wiener Akzent.

»Till next time, dearest«, und schon war der Tisch abgeräumt, und der feuchte Lappen fuhr über den imitierten Marmor, und im Hinausgehen hatte Dagmar Johnson schon das Gefühl, sich gar nicht wirklich hier aufgehalten zu haben.

Aber dieses ›Verdrängen‹, wie sie es bei sich nannte, passierte ihr in letzter Zeit immer häufiger.

Immer dann, wenn sie in ihrer Misere versuchte, sich an glücklichere Stunden zu erinnern, oder einfach an ein kleines bißchen Fröhlichkeit. Es fiel ihr auch immer schwerer, sich auf die einfachsten Dinge ihres Alltags zu konzentrieren.

Ich muß aufpassen, dachte sie, verdammt noch mal, ich muß auf uns aufpassen, während sie Oliver rasch in ein leeres Taxi schob, bevor die Ampel wieder auf Grün sprang, und schnell einstieg.

Wenn ich nicht durchhalte, was soll dann aus Oliver werden? Und sie legte fest den Arm um den kleinen Jungen, während sie dem Fahrer ihre Adresse im Village nannte.

Es könnte ja sein, daß Herb diesmal wirklich nicht zurückkommt. Es könnte ja sein, daß ihm etwas zugestoßen ist. Es könnte ja sein... Sie schloß die Augen, nein, du mußt mich jetzt hören, wo immer du auch bist, dachte sie, du mußt einfach, Herb. Komm zu uns zurück. Komm noch einmal zurück, und dann –

»Da wären wir, Miß«, sagte der Fahrer und hielt

vor dem schäbigen Haus, in dem sie seit einiger Zeit gezwungen waren zu leben.

Er blickte gleichgültig hinaus.

Wie zum Trotz gab sie ihm ein Trinkgeld, das sie sich eigentlich gar nicht leisten konnte.

»Oh, thanks, dearest«, sagte er, »and have a nice evening.«

Einen wundervollen Abend werde ich haben, dachte sie, und eine wundervolle lange Nacht. Schön dunkel und kalt und einsam – wenn Oliver nicht wäre – und vom Gebrüll und Gezänk im Haus geschmückt, und wenn ich Glück habe, sogar mit ein paar sentimentalen Weihnachtsliedern.

»You are my dearest Mummy«, sagte Oliver, als ahne er etwas von ihrer miserablen Verfassung, und drückte sich eng an sie, während sie das Haus betraten.

2

Christine Geldern hatte das Fenster weit geöffnet, und sie konnte die Baumwipfel sehen wie an jedem Abend – gegen den hellroten Himmel der Stadt und darüber mit dem Schwarz der Nacht verschmelzend.

Es war schon wieder November, und es war kalt und die Luft feucht und schwer, denn es hatte den ganzen Tag geregnet.

Aber an keinem Abend mochte sie auf die halbe Stunde verzichten, wenn sie den Bäumen zusah, wie sie sich gegen den Wind wehrten oder wie sie ganz still standen. Und sie liebte den Duft, der aus dem Garten hochstieg, auch wenn es im Winter nur der Geruch der Erde war.

Sie saß sehr still in ihrem Sessel, den dicken wollenen Hausmantel eng um sich gezogen. Sie dachte nicht über den Tag nach, der hinter ihr lag, und nicht über die kommende Nacht.

Sie wußte, so hatte ihr Vater gesessen, jeden Abend, wenn er aus der Tuchfabrik nach Hause kam und bevor ihn die Mutter zum Essen rief. Und manchmal hatte sie, das Kind, bei ihm gesessen, auf dem Boden, oder bei ihm gestanden, an seine Knie gelehnt.

»Bäume–«, hatte ihr Vater einmal gesagt, »wenn du Ruhe brauchst und Schutz, dann geh unter

Bäume. Ihre Wurzeln stecken tief in der Erde, doch ihre Wipfel streben dem Himmel zu. Wir sind klein und nutzlos gegen sie, wir erreichen nie ihr Alter.« Er hatte ihr von vielhundertjährigen Olivenbäumen erzählt, die er als junger Mann in den Mittelmeerländern gesehen hatte, in der Provence und in der Toskana und in Palästina, das heute Israel hieß. Sie war acht Jahre alt, im Jahre 1940, noch lange vor der Flucht, als er sie die Tagebücher jener Reise lesen ließ, die er als Neunzehnjähriger unternommen hatte – zu Fuß und sich von einem Bauernhof zum anderen seine Schlafstelle und sein Essen erarbeitend, denn es war nach dem Ersten Weltkrieg, und er war der Hölle entkommen, wie er schrieb, als einer der wenigen von so vielen, die niemals mehr wandern, leben, arbeiten konnten. Die tot waren. Tot. Tot. Tot.

Inzwischen war der Zweite Weltkrieg vorübergegangen, aber auch aus ihm hatten die Menschen nicht gelernt.

Sie war nun sechsunddreißig Jahre alt, und die einzigen Erinnerungen an ihre gute, frühe Jugend waren das Tagebuch ihres Vaters und ein Foto von ihm aus jener Zeit. Dazu besaß sie das Abendkleid ihrer Mutter aus schwarzem Georgette noch und die einreihige Perlenkette und den Saphirring.

Diese Dinge waren im kleinsten Bündel gewesen, das die Eltern und sie auf ihrer Flucht aus dem Osten mitschleppten, und als sie, dreizehnjährig, die Eltern verlor, hatte sie es allein weiter getragen, immer weiter und weiter, und es nachts als Kopfkissen benützt und es nie aufgemacht, immer nur getragen, getragen und getragen, bis die Flucht endete und sie zum erstenmal nach Wochen und Monaten in einem ordentlichen Bett schlief und warmes Essen bekam und die Schwestern im Kloster abends bei ihr blieben, bis sie aufhörte zu weinen, und keinen Anstoß daran nahmen, daß sie nicht beten konnte.

Sie stand auf und knipste das Licht an.

Sie hatte das Abendkleid bereitgehängt, und die Perlenkette und der Saphirring lagen in ihrer Schatulle daneben.

Als sie das Kleid angezogen und den Schmuck angelegt und ihr Haar gebürstet hatte, klopfte es an ihre Tür.

»Ich weiß, ich sollte Sie nicht stören«, sagte die immer ein wenig spöttisch klingende Stimme von Greta Mankiwitz. »Aber Sie gehen endlich einmal aus, und ich dachte, es wird gewiß nichts schaden, wenn Sie vorher ein Glas Champagner trinken.«

Greta Mankiwitz war schlank, und sie trug wie immer Perlgrau. Sie war längst über die Siebzig, aber sie erwähnte ihr Alter nie, klagte nie über die Gichtknoten, die ihre Hände verunstalteten; das einzige übrigens, was ihr Alter deutlich machte.

Sie hielt ein silbernes Tablett mit zwei Champagnergläsern.

»Endlich haben Sie sich aufgerafft.« Die alten Hände reichten Christine ein Glas. »Auf Ihr Wohl, Christine.«

»Danke.«

»Sie sehen zauberhaft aus.«

»Das Kleid meiner Mutter.«

»Ein Pariser Modell, altert nie.«

»Mein Vater brachte es ihr 1932 aus Paris mit, als ich geboren wurde. Und ich habe meine Mutter bei festlichen Angelegenheiten nie in einem anderen Kleid gesehen.«

»Kalt ist es hier, und ich bin sehr egoistisch«, sagte Greta Mankiwitz, »war es schon immer.« Sie schloß das Fenster. »Genug von der Nacht.«

»Ja, vielleicht haben Sie recht.«

»In meinem Alter sollte man sich vor Erkältungen hüten.« Und beinahe heftig: »Gehen Sie endlich aus. Amüsieren Sie sich. Das Leben ist kurz. Banal, wie? Aber wahr! Der Presseball in Bonn, was ist das? Nun ja, man muß zufrieden sein. Wenn ich an unsere Feste in Rom denke. Aber das war in einer anderen Zeit und ›in einem anderen Land‹, wie Hemingway sagte. Er ist auch schon tot. Und John F. Kennedy und Martin Luther King. Und in diesem Jahr haben wir die Studentenrevolten – im Fernsehen war er wieder, der Rudi Dutschke, und auch er wird nicht lange leben. Warum rede ich vom Tod? Weil Sie so schön sind, Christine, und Ihre Schönheit an Ihre Einsamkeit verschwenden. Als ich so alt war wie Sie – da war mein Leben ein einziges Fest, ein immerwährender Tanz. Bis mein Mann starb. Warum lieben Sie nicht, Christine? Warum haben Sie keinen Mann?«

Christine schwieg, trank schnell vom Champagner.

Gretas Mann war in der Zeit der Weimarer Republik Attaché bei der Botschaft in Rom gewesen, und in Rom hatte er auch den Tod gefunden. Nicht etwa durch die Hand eines Anarchisten, nein, er starb an einem Fieber, das er sich in den Sümpfen geholt hatte, in die er auf Entenjagd ging.

»Nichts liebte er mehr als die Jagd auf Enten – und genau das hat ihm den Tod gebracht. Aber«, Greta schüttelte den Kopf, »warum sind wir heute abend nur beide so morbide? Sie starren in die Nacht und ich in die Vergangenheit und den Tod. Auf Ihr Wohl, mein liebes Kind«, und sie leerte ihr Glas. »Da scheint auch schon der Wagen zu sein, wenn ich recht höre.«

Christine nahm die Stola aus schwarzem Seidenmoiré um die Schultern, und wenige Minuten später stieg sie in den Wagen ihres Chefs.

»Zauberhaft siehst du aus, Christa«, sagte Philipp Fleißner, und seine Frau beugte sich vor und küßte sie auf die Wange. »Wie eine schwarze Fee.«

Greta stand in der hellerleuchteten Tür ihres Hauses und winkte ihnen zu; sie wendeten und fuhren zur Beethovenhalle, wo wieder einmal der Bundespresseball stattfand.

Für den Bundespresseball bot Bonn auf, was es an Rang und Namen gab, aber auch einfache Bürger waren geladen; zumindest hätte Johannes Vervier sich als solcher bezeichnet. Er lebte in Aachen, er arbeitete in Aachen, nun gut, er hatte Tuche für die Bundeswehr geliefert, aber die Einladung zum Bundespresseball hatte ihn dennoch überrascht. Sie war ihm von Philipp Fleißner übermittelt worden, der im Frühjahr das Werk in Aachen besucht hatte und von Johannes' fortschrittlicher Lehrlingsausbildung und -betreuung beeindruckt gewesen war.

»Jo, du nimmst natürlich an«, hatte seine Schwester Helene gesagt, die, glücklich verheiratet, mit ihrem Mann und ihren beiden Söhnen ebenfalls in dem großen elterlichen Haus am Preußweg lebte. Sie war es auch gewesen, die ihn zu Quendlin geschleppt hatte, dem besten Herrenschneider der Stadt. Sie nahm Johannes' Unbehagen überhaupt nicht zur Kenntnis und bestimmte Stoff und Farbe des Smokings. Mohair mußte es sein, und Mitternachtsblau. Vor der Abfahrt nach Bonn umarmte sie ihn strahlend. »Also, wenn du nicht mein Bruder wärst«, sagte sie, »ich könnt' mich glatt in dich verlieben.«

Johannes war 38 Jahre alt, und seit seiner Tanzstunde und der ersten heimlichen Liebe im Aachener Stadtwald hatte er nur noch an Silvester und bei privaten Anlässen getanzt. Woher auch die Zeit dazu nehmen? Als er von den Westwallschanzen kam, waren seine Eltern bei einem Luftangriff auf die Grenzstadt umgekommen, die Tuchfabrik lag in Trümmern; er brauchte Monate, bis er seine acht und zehn Jahre jüngeren Geschwister, Martinus und Helene, bei einem

Bauern in der Hocheifel aufspürte, wohin die beiden zu Fuß geflüchtet waren, durch Tieffliegerbeschuß, durch Kontrollen der Kettenhunde, wie die Feldpolizei genannt wurde. Martinus gelang es, einen Buckel vorzutäuschen, Helene ein schlimmes Hinken, was beiden Kindern überall Mitleid eintrug.

Johannes grinste, als er daran dachte, Martinus war immer gut im Täuschen gewesen und im Abenteuern, und das hatte sich nie geändert.

»Ich glaube, wir sind da, Schang«, sagte er zu seinem Chauffeur, als sie die ersten Hinweisschilder und die ersten, den Verkehr regelnden Polizisten vor der strahlendhell erleuchteten Muschel der Beethovenhalle gewahrten.

»Ja, wir sind da, Chef«, sagte der Chauffeur, und jetzt grinsten sie beide, »also viel Vergnügen.«

»Sei um zwölf bitte wieder hier und mach die Bönnsche Mädcher nicht zu verrückt.«

»Keine Bange, Chef.«

Aber das war Schangs große Leidenschaft, die Mädchen verrückt zu machen und sich zu verloben und dann, je näher die Aussicht auf den Traualtar rückte, es so mit der Angst zu kriegen, daß er sogar einmal an eine Verlobte seine eigene Todesanzeige schickte, worauf das arme Mädchen vergeblich zu seiner Beerdigung auf dem Waldfriedhof kam und vergeblich – zu seinem großen Vergnügen – noch monatelang nach seinem Grab suchte.

Er und Johannes hatten im letzten Kriegsjahr zusammen im Dreck gelegen, und sie hatten nach dem

Krieg zusammen den Schutt weggeräumt und gehamstert und aufgebaut, was aufgebaut werden mußte, und die Freunde in Aachen nannten die beiden ›Schang eins und Schang zwei‹ – und ›die Unzertrennlichen‹.

Beim Bundespresseball gab es eine Tischordnung, und nachdem der Bundespräsident mit dem ersten Tanz den Ball eröffnet hatte, kämpfte sich Johannes Vervier durch die glitzernde, funkelnde, sich selbst und andere bestaunende Menge der Gäste bis zu den Rheinterrassen durch, deren riesige Fenster natürlich geschlossen waren, jedoch den Blick auf den Fluß boten, der dunkel und träge und, wie man seit langem wußte, verseucht dahinfloß.

Es war ein Sechspersonentisch, und er las rasch die Namen derer, die an diesem Abend seine Tischnachbarn sein sollten.

Dr. Ph. Fleißner und Frau H. Fleißner – Frl. Ch. Geldern.

Die beiden weiteren Namen nahm er nicht mehr wahr, denn da stieg etwas in ihm auf, längst vergangen, längst vergessen geglaubt: der Bend, wie Aachens großes alljährliches Volksfest genannt wurde, und zwar ganz genau das letzte vor dem Krieg.

Er war zehn Jahre alt, trug die ersten Knickerbokkerhosen, dazu ein weißes Hemd mit offenen Kragen, wie sein Vater sie mochte, um den Hals nach englischer Manier einen grün-blaukarierten Schal

26

geknüpft, das Haar glattgestriegelt mit Zuckerwasser, weil Johannes fand, daß die dunkelbraune Tolle, die ihm in die Stirn fiel, einfach scheußlich war.

Rosa Zuckerwatte und glasierte Purpurherzen, unter denen der Lebkuchen fade schmeckte. Das Mädchen in der Raupe neben ihm, in einem weißen Organzakleid, das Haar von den Schläfen zurückgenommen und am Hinterkopf mit einer kleinen schwarzen Samtschleife gehalten, aber darunter sprang es duftig und so silberhell auf, daß er damals dachte: Es muß aus Mondfäden gesponnen sein.

Als sich das dunkelgrüne Verdeck der Raupe schloß, nahm er all seinen Mut zusammen und legte ihr schnell den Arm um die Schultern und küßte sie, und als das Verdeck wieder aufging, war sie scharlachrot im Gesicht und rief: »Du Schuft!« und sprang leichtfüßig an ihm vorbei aus dem Karussell.

Und dann träumte er von ihr, träumte mit offenen Augen jede Nacht vor dem Einschlafen von ihr. Bis er feststellte, daß sie ganz in seiner Nähe lebte, denn ihr Vater war der Prokurist seines Vaters.

»Guten Abend«, unterbrach ihn die volltönende, angenehme Stimme Fleißners, und er stellte Johannes seiner Frau und Fräulein Geldern vor.

Christine und Johannes sahen sich an und brachten kein Wort hervor und riefen dann beide zur gleichen Zeit: »Der Bend!«

Die Fleißners lächelten, begriffen nicht, sahen sich ein bißchen hilfesuchend an.

Aber Johannes erklärte rasch, was es mit dem Bend auf sich habe, und dann lachten sie alle.

Christine sagte: »Jo, nach all diesen Jahren.«

Und er: »Warum bist du nicht nach Aachen zurückgekommen, Chris?«

Und sie: »Das ist eine lange Geschichte.«

»Da spielen sie einen langsamen Foxtrott, da könnt ihr sie euch erzählen«, ermunterte Hilde Fleißner sie.

Und ihr Mann sagte, während sie den beiden nachschauten: »Spielst du wieder mal Schicksal, Liebes?«

Und Hilde, mit bewußt ausdruckslosem Gesicht: »Ich?«

»Ja, du!«

»Ich weiß, Christine wird dir fehlen«, sagte Hilde, »aber hast du schon einmal daran gedacht, daß sie sechsunddreißig ist und wirklich zu schade, für den Rest ihres Lebens in deinem Büro Kaffee zu kochen?«

»Tee, Liebes.«

»Earl Gray, Special Brand, zwei Teelöffel auf eine Tasse und mit Honig gesüßt. Aber möchtest du mir nicht endlich einen Champagner spendieren, Phil?«

Er lachte lauthals, was manche andere Gäste in ihrer Umgebung dazu veranlaßte, sich geniert nach ihnen umzuschauen.

Aber verdammt noch mal, das war ihm egal. Er nahm Hilde um die Taille und küßte sie. »Magie«, sagte er, »pure Magie, was du anstellst mit mir und allen anderen Menschen.« Und während sie tanzten, ihren Champagner würde sie eben ein bißchen später bekommen, hielt er sie sehr eng, und ihre Wange lag an seiner Wange, und er sagte: »Na, hoffen wir, daß aus den beiden das wird, wonach sie jetzt ausschauen. Es war ja schließlich deine Idee, den jungen Vervier einzuladen.«

Christine und Johannes verließen den Bundespresseball schon um zehn Uhr, sie fanden in den Resten der ehemaligen Bonner Altstadt eine Weinstube, in der es noch zu jedem Wein die passenden Kelche gab.

Sie saßen und sahen sich an und waren verzaubert.

Sie hätten beide längst Kinder haben können, die in dem Alter waren, als sie sich zum letztenmal im Krieg gesehen hatten.

Aber sie waren beide allein geblieben.

Johannes war allein geblieben, weil er seine Geschwister hatte, um die er sich kümmern mußte, und das Werk, das er wieder aufbauen wollte, allen anfänglichen Schwierigkeiten zum Trotz.

Christine war auch allein geblieben, aber über ihre Gründe würde sie erst später sprechen wollen, nicht an diesem Abend.

Die guten Erinnerungen an ihre Kindheit, an ihre Jugend waren stärker.

»Du wolltest Forscher werden. Ausgerechnet die Antarktis hatte es dir angetan.«

»Du wirst lachen, einmal habe ich mir richtige Ferien gegönnt und bin mit einem Walfänger wirklich in der Antarktis gewesen. Ich wünschte bloß, sie hätten keine Wale gefangen. – Du hast dir immer ein Pony gewünscht. Eine große Reiterin wolltest du werden.«

»Ich reite heute. Kein eigenes Pferd, weil ich nicht genug Zeit hätte, mich darum zu kümmern. Aber es macht auch so Spaß. Er heißt Boris, ein Hengst. Und er kennt mich ganz genau. Ich kann tun, was ich will, ich meine, mich ranschleichen zum Beispiel, da hebt er schon den Kopf und wiehert und lacht.«

»Magst du den Wein?«

»O ja. Er schmeckt wie der Meßwein, den du mal geklaut hast.«

»Da war ich das erstemal in meinem Leben betrunken. Richtig betrunken.«

»Und du hast so schön gesungen!«

»So laut, daß deine Mutter uns im Garten aufgestöbert hat!«

»Ja, meine Mutter...« Sie schluckte, wurde ein bißchen blaß um den Mund, aber dann lächelte sie schon wieder. »Und dein Vater hat dem Pfarrer zum Trost eine ganze Kiste Wein spendiert. Von der Mosel.«

»Bloß, daß das kein geweihter war.«

Sie lachten, er griff nach ihrer Hand. »Ach Chris, ich kann es einfach noch nicht fassen. Da sitzt du, und ich kann dich anschauen, und du hast dich überhaupt nicht verändert. Jetzt wirst du sogar rot wie damals in der Raupe. Wie schön du bist, und wie glücklich ich bin, daß du nicht verheiratet bist. Und – bitte, laß dich küssen.«

Sie schloß die Augen.

Mit einemmal schien ihr helles Gesicht ganz starr. Aber dann sah er, wie sich die Starre um Lippen und Augen löste. Und er küßte ihren Mund.

Als sie die Augen wieder öffnete, war das Grau sehr tief und dunkel, ohne Grund.

»Jo, ich kann niemals Kinder kriegen«, sagte sie.

Er schwieg, konnte sie nur ansehen.

»Begreifst du, was das heißt?«

»Bist du deswegen so lange allein gewesen, geblieben?«

»Deswegen. Und es gibt noch ein paar Dinge mehr.«

»Ihr wurdet damals evakuiert. Ich meine – deine Mutter wollte mit dir zu Verwandten in Ostpreußen, nicht wahr?«

»Ja.«

»Und du meinst, deine Flucht zurück. In den Westen?«

»Ich wollte nach Aachen zurück«, sagte sie, »ich wollte so sehr nach Aachen zurück. Ich wollte –« Sie brach ab.

»Versuch jetzt, nicht daran zu denken.«

»Aber ich muß. Jo, versteh es. Ich muß. Gerade jetzt.«

»Chris, ich hör' dir zu.«

»Da war – da war – da waren...« Sie bog den Kopf

in den Nacken. Ihr Hals, ihre Kehle waren so weiß, so rein, und doch war es, als biete sie sich so zum Opfer dar.

Auf welchem Altar wollte sie geopfert werden?

»Chris, sprich«, sagte er, »rede.«

»Die Verwandten nahmen uns auf. Andere Leute, drumherum, nannten uns Bombenweiber. Wir kamen ja aus den Städten, die bombardiert wurden. Wir arbeiteten auf dem Feld. Meine Mutter hatte blutige, eiternde Hände nach der Kartoffelernte. Niemand gab ihr Salbe. Wir lebten in – in dem Gesindehaus. Das Zimmer war groß und kahl. Im Winter, da war es kalt. Sehr kalt. Wir bekamen Pferdedecken. Alte. Mutter nähte aus einem Sommerkleid von sich Spanngardinen für die Fenster. Für Vorhänge reichte es nicht. Manchmal bekamen wir Fleisch, rohe Brocken, gelb drumherum vom Fett. Und Wolle. Wolle bekamen wir auch. Mutter strickte mir einen Pullover im Norwegermuster. Kennst du das noch? Ich hab' ihn noch. Ein kleiner blau-weißer Pullover. Ich hatte ihn an, auf der Flucht. Wie mein Vater es schaffte, weiß ich bis heute nicht, damals war keine Zeit für Erklärungen. Aber, als wir flüchten mußten, war er da, mit einem kleinen Karren, und auf den packten wir Mutter. Sie war so schwach. Sie hatte eine Erkältung gehabt, lange schon schlimm gehustet, die ganze Zeit. Heute denke ich, es war mehr als eine Erkältung, aber damals – es regnete in Strömen, und dann schneite es, und wieder regnete es, und der Frost, der Frost. Irgendwann überholten sie uns. Sie sahen gar nicht böse aus. Zuerst. Aber meinen Vater, ja, meinen Vater starrten sie an voller Haß. Du Germanskisoldat oder so irgendwas haben sie zu ihm gesagt und ihn zwischen sich hin und her gestoßen mit ihren Gewehren und ihn geschlagen und dann, und dann, und dann – erschlagen. Meine Mutter haben sie vom Karren gezerrt. Und dann mich. Ich weiß nur noch, daß Mutter schnell tot war. Sehr schnell.«

»Chris«, er zog ihr die Hände vom Gesicht, »sprich weiter.«

»Ja. Du hast recht. Es ist das erste Mal nach so vielen Jahren. Das allererste Mal. Und ich will es tun, weil ich weiß, weil ich glaube...« Sie schluckte, sie trank ihr Glas leer, eine Dürstende, eine nach Vergessen Dürstende, vielleicht würde sie an diesem Abend, in dieser Nacht befreit werden, endlich befreit.

»Du hast mir mal einen Kompaß geschenkt«, sagte sie, »weißt du noch? Du hast gesagt, wenn ich mit dir zur Antarktis kommen will, muß ich einen Kompaß lesen können. Den hatte ich noch, und damit bin ich immer nach Westen gelaufen. Immer nach Westen. Danach. Manche Menschen waren gut zu mir, und andere haben mich weggejagt. Aber sie hatten einfach Angst. Natürlich hatten sie Angst. Jeder hatte ja Angst. Irgendwie bin ich dann bei Koblenz gelandet, bei einer alten Frau. Sie hat gemerkt, daß ich schwanger war, und sie hat es mir weggemacht mit Seife. Dann hat sie mich ins Kloster gebracht. Zu Franzis-

kanerinnen, wie im Klösterchen in der Kleinmar-
schierstraße. Die haben mich beichten lassen. Aber
ich konnte nicht alles sagen. Nicht alles, nein. Aber
sie haben mich bei sich behalten und auf die Schule
geschickt. Sie haben mich bei sich leben lassen und
doch gewußt, daß ihr Leben nicht meines ist. Ich
hab' Abitur gemacht und Sprachkurse. Als ich ein-
undzwanzig wurde, haben sie mich gehen lassen,
mit ihren Segenswünschen. Ich bin nach Bonn gegangen. Aachen war mir zu weit und zu nah, verstehst du? Und in Bonn bin ich geblieben, wie du
siehst. Manchmal, ja, manchmal kehre ich nach Koblenz ins Kloster zurück. In die Stille und in die
Freude. Ich lebe dann in ihrer Heiterkeit des Wis-
sens, wohin sie gehören.«

Johannes hatte seine Hände um ihr Gesicht gelegt,
schon lange, aber erst jetzt schien Christine es zu be-
merken. Sie strich über seine Handrücken hin.

»Einmal, einmal mußte ich –«

»Ja«, sagte er, »ja. Und ich danke dir. Und du
weißt, daß jetzt der kurze Weg nach Aachen leicht
sein wird, nicht wahr, Chris, du weißt es?«

Und sie antwortete: »Ja, Jo, jetzt weiß ich es.«

3

Der große Amerikaner in seiner schäbigen Uniform ohne jedes Rangabzeichen fiel in der Bonner Altstadt nicht auf; es war das Jahr, in dem so viele junge Leute anfingen, abgelegte Parkas der Bundeswehr zu tragen, überhaupt uniform herumzulaufen, weil es, wie sie glaubten, zu ihrem neuen Stil gehörte, der ja auch von Rudi Dutschke, den sie verehrten, geprägt wurde.

Der große Amerikaner hielt sich meist im Schatten der alten Häuser, und die Pinten, in die er sich hineintraute, unterschieden sich kaum von jenen, die er in Frankfurt oder in New York aufsuchte.

Er hatte noch Geld. Er hatte immer Geld. Er grinste vor sich hin, aber das wußte er nicht.

Daß er im Flughafen Wahn um sich geschlagen hatte, war längst aus seinem Gedächtnis verdrängt.

Woran er noch dachte, das war die schöne blonde junge Frau, die ihn mitgenommen hatte.

Wohin mitgenommen? Er runzelte die Stirn, was ihm auch nicht bewußt war. Er rieb sich die Wangen, über die wieder der verdammte Schweiß lief.

Angstschweiß. Gib es doch zu. Du weißt nicht mehr, wohin du gehörst. Du weißt nicht einmal, wo du bist.

In welcher Stadt? An welchem Ort?

Er stolperte, fiel in die Knie. Er legte die Arme um sich selbst, wiegte sich selbst.

Jemand packte ihn an der Schulter. »He, Mann, geh weiter, sonst kommen die Bullen!«

Er war mit einem Satz hoch. Schlug zu. Der andere ging zu Boden.

Der Amerikaner, der zu diesem Zeitpunkt nicht einmal mehr wußte, wie er hieß, stieg achtlos über den Mann hinweg, ging weiter.

Plötzlich roch es nach Fluß, nicht besonders gut, eher faul, aber der Hudson roch auch nicht mehr gut.

Der Amerikaner lachte vor sich hin.

Dagmar roch gut, das war wie ein Blitz. Dagmar war seine Frau. Und Oliver roch gut. Das war sein Sohn. Besonders nach dem Bad, wenn er, er – wie hieß er denn verdammt noch mal selbst? – den Jungen abrubbelte und ins Bett brachte und ihm Geschichten erzählte, an guten Abenden, wenn er die Kraft aufbrachte, zu Hause zu bleiben.

Da, wieder ein Blitz: Er selbst hieß Johnson. Johnson. Ob Bill oder Joe davor, das war ganz egal!

Näher und näher kam er dem Fluß, und dann sah er das riesige, hell erleuchtete Gebäude davor, hörte Musik herauswehen, sah Hunderte, nein Tausende von lack- und chromglänzenden Wagen.

Und die schönsten Frauen der Welt in den schönsten Abendkleidern der Welt.

Ihm wurde übel wie im Kino, wenn er alte Filme sah wie ›High Society‹ zum Beispiel, die heile Welt.

Er stützte sich gegen eine Hauswand und erbrach sich.

Danach war ihm besser, eindeutig besser. Er konnte jetzt auch klarer sehen.

Er ging näher, immer näher auf das strahlendhell erleuchtete Haus zu.

Da drinnen feierten sie, die Glücklichen, die Reichen, die Großen dieser Welt, die niemals im Dreck zu liegen brauchten, die niemals Angst zu haben brauchten, die immer über die Runden kamen.

»Bundespresseball«, hörte er jemanden sagen; er konnte sich nichts darunter vorstellen.

Und da sah er sie wieder. Die wunderschöne blonde Frau. Seine Frau.

»Dagmar«, rief er, »Dagmar, so warte doch. So bleib doch stehen!«

Aber sie hörte ihn nicht, und sie ging davon zu einem wartenden Wagen, am Arm eines anderen Mannes.

So wie es alle Frauen tun, dachte er, alle verdammten Frauen dieser Welt!

Und er lief weg. Einfach weg. Runter zum Fluß.

Da fand er eine Bank. Saß zuerst schwer atmend da, wurde schließlich ruhiger, müde.

Er schlief ein, in sich zusammengesunken. Ein armes Bündel Mensch.

Aber er träumte, er halte Oliver in seinen Armen, sein Kind, seinen Sohn. Und der würde es einmal besser haben, das versprach er ihm.

Im Morgengrauen wachte der Amerikaner von der Kälte auf.

Aber er war nun ganz klar.

Er konnte sich auch wieder an seinen Namen erinnern. Er hieß Herbert Johnson und stammte aus New York.

Und er war nach Deutschland gekommen, nach Frankfurt, um dort im Armeelazarett der U.S. Force einen alten Kumpel aus Vietnam zu besuchen, der ihm einen so verzweifelten Brief geschrieben hatte.

Alten Freunden mußte man eben helfen. Neue Freunde kriegte man ja nicht.

Aber er war nicht in Frankfurt. Er war in Bonn. Auch das wußte er mit einemmal ganz klar.

Vier Tage war er unterwegs gewesen – wo auch immer. Und er hatte Dagmar nicht einmal gesagt, daß er wegflog. Und Oliver auch nicht.

O mein Gott – Angst und Scham kamen in einer schwarzen Welle auf ihn zu.

Was ist nur mit mir? Was passiert nur mit mir?

Ich will zu Dagmar. Ich will zu meinem Sohn. Irgendwie fand er ein Taxi, irgendwie kam er zu einem Flughafen – achtete nicht darauf, wie der hieß, wußte nur, als er in der Lufthansamaschine saß: Ich fliege zurück nach New York. Ich fliege zurück zu meiner Familie.

Und an dieses Wissen klammerte er sich mit aller Kraft, die noch in ihm war.

4.

Es war schon längst nach Mitternacht, Christine und Johannes waren die letzten Gäste in der kleinen Weinstube; schließlich kam der Besitzer, ein alter Herr mit klaren blauen Augen, die sie voller Verständnis und Zuneigung anschauten, setzte sich zu ihnen auf ein letztes Glas aus seinem privaten Weinkeller und begleitete sie schließlich mit allen guten Wünschen hinaus.

Sie gingen über das stille Dreieck und dann die Sternengasse hinunter, die schon mit Sternen zu Weihnachten geschmückt war, und durch die Wenzelgasse zum Bertha-von-Suttner-Platz. Schließlich standen sie wieder vor der Beethovenhalle.

Sie fanden Schang zwei im Wagen, den Kopf an die Nackenstütze gelegt, mit genüßlich gespitztem Mund leise schnarchend.

»Das ist mein bester Freund«, sagte Johannes leise. »Wir haben den Krieg zusammen überlebt. Und er ist bei mir geblieben. Er hätte längst einen anderen Posten haben können, aber er ist ein Autonarr, und er behauptet, daß ich ohne ihn nicht unbeschadet über irgendeine Kreuzung käme.«

Jo klopfte vorsichtig an die halb heruntergedrehte Scheibe, und Schang zwei öffnete die Augen, war sofort hellwach. Er sprang beinahe ungestüm aus dem

Wagen, daß Johannes und Christine rasch zurück-
treten mußten.

»Mensch, Schang! Das ist eine – ja eine Wucht!«
Und dann zuckte es verlegen um seine Augen, und
er verbeugte sich schnell: »Entschuldigen Sie, gnädi-
ges Fräulein, aber so selten sieht man eine Dame wie
Sie.«

Johannes lachte: »Du mußt wissen, Christine,
Schang zwei – ich bin übrigens Schang eins – ist der
größte Verehrer aller Frauen, den es wohl seit Casa-
nova gibt. Und wie ich sehe, ist er schon jetzt dein
untertänigster Sklave. Du darfst ihr die Hand geben,
Schang, sie ist Christine Geldern.«

»Das Mädchen aus der Raupe!« Er nahm beinahe
ehrfürchtig Christines Hand, hielt sie und sagte: »So
oft hat Schang von Ihnen gesprochen. Und gesucht
hat er Sie auch. Nach dem Krieg, meine ich, Sie und
Ihre Eltern.«

»Das hast du getan?«

»Natürlich. Aber komm, laß uns einsteigen, Christine, es ist kühl.« Johannes legte ihr den Arm um die
Schulter und half ihr in den Wagen.

Als er neben ihr saß, nahm er ihre Hand. »Am liebsten würde ich dich sofort mit nach Aachen nehmen,
aber wahrscheinlich hast du hier auch ein Zuhause,
und man würde sich Sorgen um dich machen.«

»Ja, bei einer sehr lieben, sehr reizenden alten
Dame, die bestimmt noch auf sein und uns mit
Champagner begrüßen wird.«

Und genauso war es.

Greta Mankiwitz war zwar zwischendurch über den Gedichten Benns, die sie über alles liebte, ein wenig eingenickt, aber der Champagner stand im silbernen Kühler bereit, und sie empfing Johannes Vervier und seinen Freund mit der selbstverständlichen Liebenswürdigkeit, die sie allen Menschen schenkte, die ihr gefielen.

Sie hatte auch einen kleinen Imbiß vorbereitet, ganz so, als habe sie außer Christine noch Gäste erwartet.

Und es wurde eine vergnügliche Stunde, bis Schang zwei ungeniert gähnte und meinte: »Also, wenn ich Sie noch heil nach Aachen bringen soll, Chef, dann brauche ich jetzt einen starken Kaffee und ein paar Freiübungen an der frischen Luft.«

Er bekam seinen Kaffee, und vom Fenster aus beobachteten sie lachend, wie er seine Freiübungen absolvierte; er hüpfte im Kreis abwechselnd auf einem Bein, schlug mit den Armen wie Windmühlenflügel und krönte das Ganze mit zwanzig federnden Kniebeugen.

»Chris, möchtest du nicht übers Wochenende mit nach Aachen kommen?« fragte Johannes.

Sie zögerte, sah Greta fragend an.

»Aber ja doch«, sagte die alte Dame, »Sie sind doch frei wie ein Vogel.«

Und so packte Christine schnell den Wochenendkoffer, den Greta ihr geschenkt hatte, als sich zwischen Christine und einem panamaischen Diplomaten eine Verbindung anzubahnen schien, die jedoch in dem Moment vorbei war, als Christine zu Hause mit einem Weinkrampf zusammenbrach und immer wieder flüsterte: »Ich kann nicht ertragen, wenn er mich berühren will, ich kann's einfach nicht.«

Danach hatte sie nie wieder von ihm gesprochen und hatte nie wieder einen Bekannten mit nach Hause gebracht – und auch das war jetzt schon zwölf Jahre her.

»Es ist gut, daß Sie gekommen sind«, sagte Greta, als sie mit Johannes Vervier allein war. Sie hob ihr Glas und trank ihm zu. »Und ich bete für Sie beide, daß Christine bei Ihnen bleiben wird.«

Er dankte ihr mit einem Nicken, er bekam kein Wort heraus.

Später stand Greta Manikwitz allein am Fenster und sah dem langsam davonfahrenden Wagen nach.

Sie lächelte, aber da waren auch Tränen in ihren Augen. Sie liebte Christine wie eine Tochter, die sie nie gehabt hatte, und bald würde sie sie verlieren.

Aber was heißt hier verlieren? schalt sie sich selbst. Wie dumm von mir. Sie geht aus dem Haus, sie wird heiraten, sie wird Kinder bekommen und, wenn ich das Glück habe, so lange zu leben, werden sie wie meine Enkel sein.

Zwei leuchtende Messingampeln flankierten die eichene Haustür der Villa am Preußweg; ihr warmer Schein fiel auf den Rasen des Vorgartens, auf zierliche Sträucher mit roten Beeren, auf eine Rosenranke mit späten, gelben Blüten.

Und Christine war es, als sei sie wieder ein Kind, das staunend vor diesem schönen, im Couvenstil gehaltenen Haus stand, damals zum erstenmal zu Jos Geburtstag eingeladen. Sie hatte ihr Taschengeld wochenlang gespart und ihm ein Taschenmesser gekauft, mit einem echten Horngriff, weil ein Forscher, der er ja werden wollte, so etwas brauchte.

»Es hat sich nichts verändert, gar nichts«, sagte sie verwundert.

»Ich hatte Glück. Ich fand die alten Pläne im Keller in einer eisernen Kiste, in der mein Vater vorsorglich alle wichtigen Papiere untergebracht hatte. Und euer Haus ist auch wieder aufgebaut, unten in der Schwanstraße. Schang zwei wohnt dort mit seiner Schwester, und ich hoffe, das ist dir recht? Denn als ihr nicht zurückkamt –«

»Natürlich«, sagte sie schnell. »Ich bin froh.«

Schang zwei und sie lächelten einander an.

»Also, ich verdrück' mich jetzt in die Falle«, sagte Schang zwei. »Wann brauchen Sie mich morgen, Chef?«

»Bestimmt nicht vor neun oder zehn. Vielleicht wollen Christine und ich einen Ausflug in die Umgebung machen. Aber ich rufe dich auf jeden Fall an.«

»Dann wünsche ich also eine gute Nacht«, und Schang zwei schwang sich wieder hinter das Steuer des Wagens, winkte ihnen noch zu und fuhr davon.

Johannes nahm Christines kleinen Koffer auf, und

endlich betraten sie den Vorgarten und dann das Haus.

In der Halle brannten zwei schmiedeeiserne Stehlampen, und es gab wieder die schönen alten flämischen Eichenmöbel wie früher.

Johannes führte Christine in das Kaminzimmer, von jeher der Lieblingsraum der Familie – mit dem Blick über den Garten hinweg und die Weiden bis hin zum Halfern Wäldchen.

Er entfachte schnell das Feuer im Kamin, während sie zum Fenster trat. Es war noch Nacht, aber da waren die Weiden und die Kühe darauf und die Pferde wie früher und dahinter der Wald, in dem sie mit den Vervierkindern Räuber und Gendarm und Indianer gespielt hatte.

»Noch einen Schlaftrunk?« fragte Johannes. »Ein Glas Glühwein?«

»Ja, gern. Es hat sich nichts verändert«, sagte sie glücklich. »Gar nichts.« Sie legte ihre Hände auf ihre Wangen, aber diesmal, weil sie vor Freude glühten.

Praktisch waren die Verviers schon immer gewesen, und wenn sie hier im Kaminzimmer zusammensaßen, sollte es auch kein unnötiges Hin- und Hergerenne zur Küche geben; also stand neben dem Kamin ein kleiner Barwagen, außer mit Flaschen auch mit einer Vielzahl von Gläsern bestückt, und mit einem kleinen Spirituskocher und der notwendigen Messingkanne, in der Johannes nun im Handumdrehen den Glühwein bereitete.

Und dann saßen sie sich gegenüber auf den mit

Grün und Weiß gemustertem Leinen überzogenen Sofas, tranken den gewürzten heißen Wein, mußten sich immer wieder anschauen und verbargen ihre Freude des Wiedersehens nicht.

Sie hätten es auch gar nicht gekonnt; sie waren beide so lange einsam gewesen – auch wenn Christine in Greta eine liebevolle und verständnisvolle Freundin besaß und Johannes seine Schwester und ihren Mann und die beiden lebhaften Jungen im Haus hatte und manchmal auch Martinus, wenn er von seinen Reisen heimkehrte, die im Anfang nur abenteuerlicher Natur gewesen waren, doch im Laufe der Zeit auch einen tieferen Sinn gewonnen hatten.

»Er ist zur Zeit in Kenia und hilft mit bei der Bekämpfung der Wilderei. Früher brachte er seine Jagdtrophäen mit nach Hause, heute sorgt er dafür, daß so leicht keiner mehr Trophäen ergattern kann.«

»Werde ich Helene und die Kinder morgen früh sehen?«

»Natürlich! Das Frühstück ist immer noch die große Familienmahlzeit. Und Helene wird dir vor lauter Überraschung und Freude um den Hals fallen. Warte es nur ab.«

Im Osten zeigte sich erstes helles Grau, als Johannes Christine zu ihrem Zimmer brachte. »Früher hat es meiner Mutter gehört«, sagte er, »und jetzt sollst du dich hier zu Hause fühlen.«

Er knipste ihr noch die Wandleuchten an, dann trat er, mit einemmal scheu, in den Flur zurück.

Aber ihre Augen konnten sich nicht voneinander lösen, und schließlich trat Christine einen kleinen Schritt vor, und sehr langsam, sehr zögernd legte sie ihm die Arme um den Hals.

»Das war der schönste Abend meines Lebens, solange ich denken kann«, sagte sie leise, »und würdest du mir bitte einen Kuß geben, Jo?«

Er küßte ihre geschlossenen Lippen.

»Gute Nacht, meine liebe Chris, und schlaf gut in unserem Zuhause.«

Auch in diesem Zimmer gab es einen kleinen Kamin aus dunkelrotem Marmor, die Wände waren in einem helleren, matten Rot gehalten, das in den Vorhängen zu Altrosa verblich.

Über dem Kamin hing das Porträt von Johannes' Mutter, einer dunkelhaarigen Schönheit mit zu den Schläfen sich langschlitzenden Augen. Sie trug ein schwarzes Ballkleid, dem Christines sehr ähnlich, und auch wie Christine eine einzelne Reihe Perlen um den schlanken Hals.

Sie war eine sehr zarte Frau gewesen, abgöttisch von ihrem Mann und den Kindern geliebt, mit einer melodischen Stimme, die nie laut wurde, nie Befehle erteilte, immer nur um etwas bat.

Und wohl deswegen auch hatte Johannes diesen Raum wieder so hergerichtet, wie seine Mutter ihn gekannt hatte, in dem sie den Kindern eigens erdachte Märchen erzählte, auch Geschichten vorlas, mit dem leichten Singsang ihrer französischen Muttersprache, denn sie stammte aus der Seidenstadt Lyon, aus der Johannes Vervier senior sie einer Schar von Verehrern entführt hatte, die Legion war.

Aber etwas berührte Christine dann doch wie ein Feenschlag: Auf dem Empireschreibtisch nahe dem Fenster lag eine graue Briefmappe mit den Initialen C. G.

Natürlich, ihr Mädchenname war Cecilia Garbentier gewesen, und sie hatte die Initialen bei ihrer privaten Korrespondenz und den Einladungen, die sie an Freunde sandte, auch noch benützt, als sie verheiratet war.

Christine rührte nichts an, sie wandte sich jedoch dem Spiegel zu, der goldgerahmt gegenüber dem Kamin hing.

Und sie sah sich zum erstenmal in dieser Nacht bewußt selbst.

Ihre Schultern hoben sich weiß und schmal aus dem Schwarz des Georgettekleides, ihr Hals war schlank, und sie trug ihren Kopf sehr aufrecht, was ihr vor vielen Jahren nur mit Mühe gelingen wollte, doch dann zur selbstverständlichen Gewohnheit geworden war. Sie trug ihr silberblondes Haar, das sie noch nie hatte färben müssen, aus der hohen runden Stirn gekämmt und im Nacken zu einem weichen Knoten zusammengefaßt, ziemlich altmodisch, gewiß, aber so hatte auch ihre Mutter ihr Haar getragen; letztes Bindeglied zu ihr, von der Christine nicht einmal mehr ein Foto besaß.

Ihre Augen waren groß und klar, graue Augen, die

jedoch auch ins Violette oder Blau spielen konnten, je nachdem, welcher Stimmung sie war.

»O Mama«, sagte sie leise zu ihrem Spiegelbild, »ich danke dir, daß du mir deine Züge vererbt hast, deinen Knochenbau, daß ich nur ein paar Lachfältchen habe und mich nicht schminken muß. Ich danke dir, daß ich noch jung aussehe und daß ich Johannes gefalle.«

Welch ein Erwachen aus traumlos tiefem, glücklichem Schlaf.

Helene saß an ihrem Bett, lachte, weinte, als Christine erwachte, umarmte sie. Gab ihr eine Tasse heißen Tee zu trinken.

»Ach Chris, wie schön, daß du da bist. Wieder hier bist. Die Jungs sind schon ganz verrückt darauf, dich zu sehen. Und Johannes war schon in der Stadt und hat frische Aachener Leberwurst besorgt, du weißt doch, die ungeräucherte, und Brötchen natürlich und belgischen Reisfladen, den saftigen, weißt du noch? Und Stu, das ist mein Mann, ja, er ist Engländer, nach dem Krieg hier hängengeblieben, hält dich jetzt schon für die tollste blonde Frau, die er je erblicken wird. Er steht nämlich auf blond.« Helene warf ihr sattbraunes Haar in den Nacken: »Weiß der Himmel, warum er mich dann geheiratet hat!«

»Wer würde dich nicht geheiratet haben?« Christine lachte. »Du warst kaum aus den Windeln, da waren die kleinen Jungs schon hinter dir her. Einer hat dir mal Blumen auf die Hausschwelle gelegt.«

»Daran erinnerst du dich?«

»Aber ja. An alles, an alles, Helene.«

»Stu nennt mich Hell, und manchmal bin ich wohl auch die Hölle für ihn, denn weißt du«, sie machte ein zerknirschtes Gesicht, »an unseren Karneval, daran kann er sich einfach nicht gewöhnen. Und wenn ich da mal einen anderen Mann küsse, natürlich nur zum Spaß – also da hat Stu mich schon geohrfeigt. Wie findest du das?« Stolz und Empörung wetteiferten blitzend in Helenes goldbraunen Augen, den Augen ihrer Mutter. »Aber jetzt marsch aus dem Bett und rüber ins Bad, sonst stürmen die Jungs noch dein Zimmer, und für den Anblick solch schlanker Beine und so weiter sind sie wahrhaftig noch nicht alt genug. Ach, wenn ich doch bloß so schlank wäre wie du.«

Seufzend saß sie auf dem Wannenrand, während Christine hinter dem Plastikvorhang duschte. »Wie machst du das bloß? Ich brauch' nur ein Sahnetörtchen anzuschauen, und schon ist wieder ein Pfund drauf.«

»Du siehst doch fabelhaft aus«, rief Christine. »Und ich schau' Sahnetörtchen schon lange nicht mehr an!«

»Ha, das ist also dein Geheimnis«, sagte Helene und betrachtete Christine ungeniert, als sie sich abfrottierte.

Und seltsam, es machte Christine nicht das geringste aus, obwohl sie doch sonst jeden Besuch beim Arzt hinausschob, falls sie sich dort entkleiden mußte.

Lachend lief sie, nur das Badetuch um sich geschlungen, in ihr Zimmer zurück, schlüpfte in frische Wäsche, zog die dunkelgrauen Flanellhosen an, den hellgrauen Pullover dazu.

»Laß um Gottes willen dein Haar offen«, rief Helene. »Sag mal, womit färbst du es?«

»Überhaupt nicht!« Und Christine wand es doch rasch zum Knoten.

»Na ja«, sagte Helene, »vielleicht auch besser so, sonst trifft Stu doch gleich der Schlag.«

Arm in Arm, als hätten nicht einmal eine Woche oder ein Tag sie getrennt, gingen Christine und Helene den breiten Flur entlang zum Kaminzimmer, wo vor dem Fenster der Frühstückstisch gedeckt war.

Die beiden Jungs, Peter und Paul nach ihrem englischen Großvater benannt, sprangen auf, kamen ihr entgegen: »Tante Chris!«

Und sie, die so lange, so viele viele Jahre lang keine fremde körperliche Berührung hatte ertragen können, ließ sich umarmen und auf die Wangen küssen.

Johannes lachte, und Stuart Baines, Helenes Mann, rief: »Hell, warum hast du mir nicht gesagt, wie schön sie ist!« Er küßte Christines Hand.

Und dann ging sie auf Johannes zu und ließ sich von ihm in den Arm nehmen.

»Gut geschlafen, Chris?«

»Herrlich und traumlos.«

»Schau mal, die Sonne scheint!«

»Und wie! Aber zuerst – ich rieche Kaffee und Aachener Leberwurst und Reisfladen –« Und sie sah sie alle an, und alle wurden beinahe verlegen vor dem glücklichen Leuchten in ihren Augen. »Ich bin zu Hause?« Das fragte sie ganz leise.

Niemand antwortete, aber alle nickten heftig

Und dann saßen sie um den großen ovalen Tisch, und sie redeten und lachten und strahlten einander an, und es gab einfach kein Ende ihrer Freude.

Das Frühstück dauerte bis ein Uhr mittags, und dann kam Schang zwei mit dem Wagen und entführte Johannes und Christine der Familie.

»Wo möchtest du hin?« fragte Johannes.

»Nach Seffent. Zu den Sieben Quellen.«

»Glaubst du immer noch daran?«

»Natürlich, es ist wie der Trevibrunnen in Rom. Wenn man ein Geldstück hineinwirft, kehrt man immer wieder zurück. Und ich bin ja zurückgekehrt!«

Johannes hielt blitzende Kupferpfennige für sie bereit, und Christine warf gleich sieben in den Teich der Sieben Quellen.

Dann fuhren sie in die Stadt zurück und saßen oben im ›Alten Postwagen‹ am Tisch der Liebenden, mit dem Blick auf den Karlsbrunnen, wo schon seine und ihre Eltern gesessen hatten und Helene mit ihrem Stuart.

Und nun sie, ohne Schang zwei.

»Willst du meine Frau werden?« fragte Johannes.

»Ja«, sagte Christine.

Er nahm ihre Hände und legte sie um sein Gesicht, und dann küßte er die Innenflächen und sagte: »Ich habe dich immer geliebt und nie vergessen. Es muß einfach so sein.«

Und sie sagte: »Du bist der erste Mann, vor dem ich keine Angst habe. Du bist schließlich auch der erste Mann, der mich geküßt hast, obwohl du scheußlich nach Tabac rochst.«

»Tabak? Aber ich habe doch damals nicht geraucht. Ich war doch erst zehn Jahre alt.«

»Dummkopf, du hattest dich doch mit dem Eau de Cologne deines Vaters übergossen; und das hieß Tabac. Und ich weiß das, weil mein Vater es auch benutzt hat.«

»Aha. Und das hast du damals schon gemerkt?«

»Natürlich«, sagte sie, »ich bin doch eine Frau.«

»Damals warst du ein kleines Mädchen in einem weißen Organzakleid.«

»Und heute?«

»Du bist so schön, daß ich Angst habe, dich nur eine Sekunde aus den Augen zu lassen.«

Sie lachten, sie waren übermütig, sie zogen durch die Stadt; alles war zugleich vertraut und wieder neu für Christine; er zeigte ihr ein Paradies.

Sie verbrachte auch noch den Sonntag mit ihm, und am Montagmorgen fuhr er sie allein nach Bonn zurück.

»Wir wollen keine Zeit vergeuden«, sagte er.

»Nein.«

»Wir wollen das Aufgebot so schnell wie möglich bestellen.«

»Ja.«

»Christine, was ist mit dir?«

Sie weinte.

Er zog den Wagen auf den Haltestreifen neben der Autobahn. Regen schlug jetzt gegen die Scheiben. Keine Sonne mehr. Wie sollte es auch anders sein?

»So geht es nicht«, sagte sie stockend. »Weißt du, Johannes, seit damals, ich habe nie, nie mit einem Mann geschlafen. Und ich weiß nicht, ob ich's überhaupt kann. Und du willst doch Kinder haben. Wenigstens einen Sohn, der weiterführt, was du wieder aufgebaut hast.«

Er nahm sie in seine Arme, er streichelte sie, aber die Spannung in ihrem Körper ließ nicht nach.

Schließlich sagte er: »Ich bringe dich erst einmal nach Hause. Und ich will so viel Geduld haben, wie du willst.«

In Bonn wartete Greta Mankiwitz auf sie.

Ein kleiner schwarzer Lacklederkoffer stand in der Diele, ein Pelzmantel hing auf einem Bügel an der Garderobe, Greta trug ein etwas altmodisch anmutendes Reisekostüm.

»Wie gut, daß ihr so früh kommt«, sagte sie, »aber Sie hätten ja den Schlüssel gehabt, Christine.«

»Was ist passiert?«

»Ich muß nach Rom.« Greta lächelte flüchtig. »Ich glaube, ich habe nie davon erzählt, daß dort noch eine Schwester meines Mannes lebt. Sie ist erkrankt, und ich werde eine Weile dort bleiben müssen.«

»Aber –«

»Mein liebes Kind, mein Haus ist Ihr Haus. Und ich lasse Sie wissen, wann ich zurückkehre.«

Johannes fuhr Greta Mankiwitz zum Flughafen, Christine fuhr in ihrem R 5 ins Büro.

Sie tippte Fleißners Tonbänder mit seinen Ansichten zur wirtschaftspolitischen Lage ab wie eh und je, sie nahm Anrufe entgegen, machte Termine aus, sah Fleißner flüchtig zwischen zwei Besprechungen. Fuhr abends nach Hause, wie immer war es spät geworden, beinahe neun Uhr.

Nebel hing in den Straßen, Schwüle hing zwischen den Häusern der Bundeshauptstadt, aber daran war sie gewöhnt.

Woran sie nicht gewöhnt war, daß Johannes auf sie wartete – falls er noch in Bonn war und auf sie wartete.

Und was würde in dieser Nacht mit ihm und ihr geschehen?

5

Herbert Johnson stieg aus dem Taxi vor dem ›Plaza‹.
Er schaute in den erleuchteten Eingang, aus dem
hinein und hinaus bestgekleidete Menschen strebten, alle ein Lachen auf dem Gesicht oder ein Zwin-
kern in den Augen, und es verlangte ihn einmal, nur
noch ein einziges Mal, wieder dort einzutreten, wie
er es als junger Mann getan hatte, als sehr junger
Mann, in grauem Flanell, mit weißem oder hell-
blauem Hemd und korrekter Krawatte, wie sie eben
damals üblich war.

Einen Lunch im Palmcourt des ›Plaza‹ konnte er
sich damals nur leisten, wenn er ein paar Dollar zu-
sätzlich gespart hatte, aber die gab er dann gern dafür aus. Und dafür hütete er seinen grauen Flanellan-
zug und die paar wirklich guten Hemden, die er besaß, und vor dem Kauf einer neuen Krawatte schlen-
derte er die ganze Fifth Avenue hinauf und hinunter,
um sich zu vergewissern, was in diesem Sommer
oder Frühjahr in Mode war. Oder auch in diesem
Herbst oder Winter.

Er starrte einem Portier ins Gesicht und wußte, der
war damals schon hier. Ja, damals, vor einem Jahr-
tausend oder zwei, zwischen Korea und Vietnam.

Das zweite Wort fuhr ihm wie ein Stich zwischen
die Augen. Er hob unwillkürlich die Hand, fuhr sich

über die Stirn, aber da war kein Blut, da war nichts, nur ein bißchen Nässe vom Nieselregen, in dem er stand.

»Sie sollten besser weitergehen, Mister«, sagte der Portier zu ihm. »Sie stehen hier ein bißchen im Weg herum. Mann Gottes, wenn Sie nochmals angerempelt werden, kippen Sie ja aus den Latschen, so voll sind Sie!«

»Ich bin überhaupt nicht voll«, versuchte Herb zu sagen. »Ich bin ganz nüchtern. Sehen Sie, ich habe einen Überseeflug hinter mir und mein Gepäck kommt gleich. Warte nur darauf, muß gleich kommen. Gab da eine kleine Verwechslung bei der Abfertigung. Gehe inzwischen ein bißchen spazieren. Frische Luft wird mir guttun.«

»Frische Luft hat noch keinem Menschen geschadet, Mister. Have a nice evening.«

Und der Portier wandte sich ab.

Also kann ich doch noch sprechen, dachte Herb, obwohl ich meine eigene Stimme nicht mehr hören kann. Er drehte sich um, und seine Füße gehorchten ihm und auch seine Augen, während er darauf wartete, daß er die Straße überqueren konnte.

Gute frische Luft; er sog sie tief ein. Nieselregen, Nieselschnee. Die armen Pferdchen vor den Kutschen, warum standen die denn noch da? Der Sommer war vorbei.

Die Tauben waren schlauer als die Pferdchen. Statt aus deren Futtereimern zu picken, hatten sie sich schon unter schützende Mausersimse verzogen.

Einmal, ja einmal, da hatte er auch mal eine Nacht mit einem Mädchen im ›Plaza‹ verbracht. Und da hatten sie dauernd so ein seltsames monotones Geräusch gehört und gedacht, daß die Wände im ›Plaza‹ für ein so ehrwürdiges Hotel eigentlich doch recht dünn seien, bis sie darauf kamen, daß eine Taube in dem Winkel ihres Badezimmerfensters gurrte.

Nacht im ›Plaza‹ verbracht. Mit einem Mädchen?

»Was für ein Mädchen?« flüsterte er vor sich hin.

Das war nicht irgendein Mädchen. Das war – ich wollte ihr meine Stadt zeigen, jawohl, meine Stadt mit den unbegrenzten Möglichkeiten, meine Stadt mit den hunderttausend Lichtern, die niemals ausgehen, meine Stadt mit all ihren Gesichtern, den weichen, weißen mit den dunklen Augen und dem lockigen Haar aus dem Süden und jenen mit den harten, blauen Augen und dem Mund, der wie ein Tresorschlitz aussieht. Meine Stadt mit den Geschäften des Überflusses und den knöcheltiefen Teppichen in jedem Apartment, wenn man es sich nur leisten konnte. Und für eine kurze Weile hattest du knöcheltiefen Teppich in deinem Apartment mit der kleinen Bar und dem Kamin, in dem auf Schalterdruck das Feuer brannte, ganz so, als seien es wirklich Holzscheite, die da glühten und weiße Asche bildeten. Und mit dem riesigen Spiegel im Bad, in dem du die Schönheit deines Mädchens bewundern konntest. Und mit dem riesigen Eisschrank in der Küche, in dem immer alles bereitlag, auf das man gerade Appetit haben mochte.

Störfleisch und Kaviar und Lachs natürlich und die schönen, dicken, geräucherten Forellen, die es gleich um die Ecke herum in der Sixth Avenue bei dem kleinen grauhaarigen Herrn gab, der ihn, den jungen Mann, mit Sir anredete; ein kleiner Mann mit der Angst in den Augen jener Menschen, deren Väter und Großväter und Urväter schon immer geflüchtet waren.

Und mein Mädchen buk Kuchen, den sie Marmorkuchen nannte, und wahrhaftig, genauso sah er aus, und wir aßen ihn sonntags morgens mit gelber Butter bestrichen und ein Viertel Schwarzbrot darauf gelegt, und wir tranken Kaffee dazu, wie ich noch nie vorher in meinem Leben Kaffee getrunken hatte. Und sie mochte Frank Sinatras ›Once in a while you meet a girl, a man‹ genauso gern wie ich.

Das war mein Mädchen.

Wo ist sie denn bloß?

Er blieb abrupt stehen. Zu seiner Linken sah er den dunklen Wall des Central Parks, zu seiner Rechten Häuser, alle strahlendhell erleuchtet von ihren Fenstern, von denen sie so viele zu besitzen schienen wie Tintenfische Saugnäpfe.

Komische Nacht; soweit er sich erinnern konnte, hatte er seit Stunden, vielen Stunden, ja seit Tagen, vielen Tagen nichts mehr getrunken.

Aber er konnte sich doch partout nicht daran erinnern, wo sein Mädchen war, oder wer sie war, wie sie hieß und wo das Apartment war, in dem sie auf ihn wartete?

Er wühlte in den Taschen seines Parka herum. Verdammt, das hatte ihm noch gefehlt. Keine Zigaretten mehr.

Aber die wollte er ja gar nicht suchen. Sondern was anderes. Was war es denn bloß?

»Verdammt noch mal, Herb, jetzt nimm dich aber zusammen!«

Aha, jetzt hatte er seine Stimme gehört, seine Ohren funktionierten also wieder.

Stimme, Augen, Ohren, alles funktionierte wieder und, wenn er nur noch ein bißchen weiterging, dann würde er auch sein Mädchen wiederfinden und den weichen Teppich vor dem fast echten Kamin, wo sie so gern lag, den Kopf gegen sein Knie gestützt und seine Hand in ihrem blonden Haar.

Aha, dachte er. Sie ist also blond.

Gut gemacht, Herb, lobte er sich selbst.

Und wenn sie so dalag, trug sie oft etwas Durchsichtiges, nein, nicht ganz durchsichtig, so wie die Farbe von einem Seeufer und darunter die Haut so hell wie – wie blanke Kiesel oder wie sehr heller Sand.

Schöne helle Haut hatte sie, und die Augen – ja, wie waren die denn nun eigentlich, die Augen?

›Les Yeux bleus‹, das war ein Lied von Yves Montand, oder etwa nicht? Jetzt hatte er alles beinahe ganz beieinander.

Da fehlte nur noch der Mund.

Weich und rot, aber nicht geschminkt. Nicht wie die blutig wirkenden Schlitze in den Gesichtern so vieler Frauen, die ihn an Kannibalen erinnerten.

Und er hatte einen erlebt.

Denk nicht daran. Nicht jetzt.

Das war ein Verrückter.

Er begann zu rennen.

Ich will sein Gesicht vergessen. O Gott, laß mich doch dieses verdammte Gesicht vergessen. Ich will es nicht mehr sehen, nie mehr. Dieses verdammte Gesicht.

Er erwachte und sah sich einem Mann gegenüber, den er noch nie in seinem Leben gesehen hatte, dessen war er sofort und absolut sicher.

Er richtete sich von einer Liege auf, sah, daß sie weiß bezogen war.

Der Mann, mit einem schmalen dunklen Gesicht, trug eine Wollweste über einem hellblauen Hemd und eine gestrickte Krawatte.

»Da sind Sie ja wieder«, sagte dieser Mann. »Haben Sie das öfter?«

Herbert Johnson schaute von dem Mann weg, zog sozusagen seinen Blick zu sich zurück, blickte an sich herab.

Jemand hatte ihm den Parka ausgezogen und die Gürtelschnalle gelöst.

»Wo bin ich hier?« fragte Herb.

»Achtundfünfzigste Straße«, sagte der Mann. »Sie sind genau vor meiner Haustür zusammengeklappt. Ich kam mit dem Hund vom Spaziergang zurück.«

Der Hund, sah Herbert jetzt, lag zwischen ihnen, ein schwarzer Spaniel, lang ausgestreckt, ein Hund wie – ja, wie er ihn sich als kleiner Junge immer gewünscht hatte.

»Schöner Hund«, sagte er.

»Ja«, bestätigte sein – Gastgeber, so mußte er ihn wohl nennen.

Die Ohren des Hundes zuckten, als habe er selbst im Schlaf das Lob gehört.

»Und Sie sind krank, sehr krank, Mister Johnson.«

Der Hund drehte sich auf die Seite, schnaufte einmal tief und schlief weiter.

»Ich weiß«, sagte Herbert. »Und Sie sind Arzt.«

»Aber nicht einer, der Ihnen helfen kann. Ich renke bloß Wirbel wieder ein und so was.«

»Aber Sie haben mir doch irgend etwas gegeben. Ich kann plötzlich wieder vollkommen klar denken. Ich weiß, ich war in Europa. Ich war in Frankfurt. Ich habe einen alten Kumpel von mir besucht. Und das Mädchen, über das ich die ganze Zeit nachgedacht habe, ist meine Frau. Sie heißt Dagmar. Wir haben einen Sohn. Und dem werde ich einen Hund wie Ihren schenken. Ja, gleich morgen. Gleich morgen früh werde ich das tun.«

»Ich kann Ihnen die Adresse des Zwingers geben. Drüben in New Jersey. Aber was wollen Sie in der Zwischenzeit tun, bevor Sie Ihrem Sohn den Hund besorgen?«

Herbert sah ihn verwirrt an. »Schlafen vermutlich. Es ist doch Nacht, oder?«

»Ja, es ist inzwischen Nacht«, sagte der Mann, den er um das warme Zimmer beneidete, um die Bücher, um die englischen Jagdstiche an den rupfenbespannten Wänden, um den schwarzen Spaniel und um die Art und Weise, wie er da hinter seinem Schreibtisch saß – so sicher, so verdammt sicher.

»Sie können hier übernachten, aber ich fahre Sie auch gern nach Hause.«

»Ich weiß nicht einmal Ihren Namen«, sagte Herb.

»John.« Die schlanken Finger hoben sich für eine knappe Sekunde von der Schreibtischplatte, fielen wieder darauf nieder.

»John, ich, ja – Sie sagten es ja schon, ich brauche Hilfe. Ich – ich gehe kaputt. Ich versuche, dagegen anzukämpfen. Aber es nützt nichts. Ich drehe ganz einfach durch, wenn ich an bestimmte Dinge denke. Als – als letztes, da dachte ich an einen Kannibalen.«

Herb legte die Hand über seine Augen. Nicht schon wieder, dachte er, nicht schon wieder durchdrehen. Da liegt der schwarze Spaniel und da sitzt ein Mann mit guten Augen, und er heißt ganz einfach John.

»Es gibt keine Kannibalen mehr«, sagte dieser John.

»Aber ich hab's doch gesehen, mit meinen eigenen Augen. Da saß dieser kleine schlitzäugige Kerl und briet und briet und briet –«

»Wahrscheinlich eine Schweinskeule.«

»Nein, es war ein Herz.«

»Menschenskind, Herb!«

»Ja, ein Herz. Ja, und ich mußte still dasitzen in meinem Hubschrauber und abwarten, bis meine Kameraden zurückkamen, damit ich sie nicht gefährdete. Glauben Sie denn, ich hätte es sonst geschehen lassen?«

»Aber Sie sind doch nicht sicher«, sagte John.

»O doch, ganz sicher. Ich sah ja, daß ihm gar nichts anderes übrigblieb. Ich sah ja, wie verhungert er war, wie ausgemergelt. Und am Schluß, als die anderen zurückkamen, die haben ihn ja dann auch umgelegt. Aber dennoch. Verstehen Sie denn nicht, John, daß man mit solchen Erinnerungen einfach nicht leben kann? So – so sehr man das auch versucht? Ich meine, so sehr man auch versucht, nicht mehr daran zu denken. Es ist vorbei, ich bin zurück. Ich habe Frau und Kind. Ich – ich bin kein Bum, ich bin gebildet. Bei mir hat es sogar für Harvard gereicht. Ja, ich schneide nicht auf. Aber als ich zurückkam – von da«, er brachte das Wort Vietnam nicht über die Lippen, »da, bei allem guten Willen, vor allem von meiner Frau, ich gehe kaputt. Ich gehe einfach kaputt. Ich halte es nicht mehr aus.«

»Ich habe einen Freund«, sagte dieser John, »und ich rufe ihn jetzt an. Er wird Ihnen helfen.«

»Ja, bitte, o ja, bitte. Und dann darf ich zu Dagmar zurück und zu Oliver.«

»Natürlich«, sagte John. »Das dürfen Sie jederzeit. Aber jetzt rufen wir erst mal meinen Freund.«

63

Aber der Freund befand sich auf einer Tagung in Kanada, wie sich herausstellte.

»Hören Sie«, sagte John, »es tut mir wirklich leid, mein Freund ist noch ein paar Tage unterwegs. Aber ich schreibe Ihnen seine Adresse auf. Er ist wirklich ein erstklassiger Mann.« John schrieb eifrig. »Und jetzt hole ich uns beiden einen Schluck. Und danach strecken Sie sich bei mir aus, und wir warten erst mal den Morgen ab, was?«

Aber er war wie eine Katze in der Nacht, nein, er war wie ein guter schwarzer Hund, der seine Ohren spitzte, selbst im Schlaf, wenn sein Herrchen seinen Namen nannte, und er wußte, er mußte endlich nach Hause kommen.

Er schlang sich den Parka um und war draußen, ehe John verblüfft rufen konnte: »He, Herb!«

Und dann rannte er und rannte und rannte, und niemand hielt ihn auf.

Niemand hält einen in New York auf, wenn man rennt, dachte er, niemand.

Und das ist gut so.

Und dann riß Dagmar die Tür auf, als sie hörte, wie er mit den vielen Schlössern hantierte, die sie gegen mögliche Einbrecher hatten anbringen lassen, und er fiel ihr einfach entgegen.

Ausgebreitete Arme, dachte er noch.

Und dann war wieder einmal alles schwarz oder auch neblig grau. Aber für eine kleine Weile lang tat ihm nichts mehr weh.

Nicht sein Kopf, nicht seine Augen, nicht seine Ohren. Kein Gleißen und kein Schrillen mehr.

Nur noch Ruhe. Stille.

Endlich, endlich, endlich, dachte er, und dann nichts mehr.

6.

Johannes hatte tagsüber in Aachen angerufen und mit Stuart, seinem Schwager, besprochen, daß er unter Umständen ein paar Tage in Bonn bleiben werde; es war ihm sehr bewußt, daß er Christine jetzt nicht allein lassen durfte.

»Mach dir keine Sorgen, alter Junge«, war Stus einziger Kommentar. »Und grüß die deine von den Sternen und von mir.«

Dann war Johannes in die Stadt gefahren, hatte die nötigen Dinge wie Rasierapparat, Zahnbürste und so weiter gekauft, dazu ein Eau de Cologne von St. Laurent – kannte er noch nicht; solche Dinge kaufte bisher Helene für ihn. Er wählte auch ein Parfum für Christine aus. Entschied sich schließlich nach langer unsicherer Wahl für ein sehr zartes und sehr frisches Parfum. Kaufte sich dann Wechselwäsche, zwei Sporthemden und eine zweite graue Flanellhose zu dem Kamelhaarblazer, den er trug. Einen Morgenmantel noch, er kam sich albern darin vor, und einen Pyjama. Gegen Pantoffeln entschied er sich, hatte noch nie welche getragen. Er fand, von der Verkäuferin beraten, ein Delikatessengeschäft – und hier schwelgte er beim Einkauf, denn er aß selbst gern und gut; wählte hausgebeizten Lachs, hauchdünnes Rauchfleisch, kleine süßduftende Honigmelonen, alle Zutaten einer französischen Käseplatte und schließlich noch die Weine und den Champagner.

Zu Hause, das heißt im Hause der Greta Mankiwitz, band er sich in der Küche eine Schürze um, pfiff laut und ausnahmsweise melodisch gegen die Stille des Hauses an, bereitete zur rechten Zeit ein kaltes Buffet vor, fütterte einen Igel auf der kleinen efeuüberwucherten Terrasse des Hauses mit Erdnußbruch, später zwei Katzen mit Käseschnipseln. Schließlich duschte er und zog sich um und wartete, jetzt jedoch sehr nervös, auf Christine.

Er trank einen Martini, dessen Mixen er von Stuart gelernt hatte, fand leise, nicht zu wilde Musik im Radio – und endlich, endlich bog ihr R 5 in die kurze Einfahrt.

Er öffnete die Haustür weit, und sie kam auf ihn zu, blieb einen Schritt vor ihm stehen, atmete, als sei sie sehr weit gelaufen, und sagte: »Daß du noch da bist!«

»Aber ja.« Er nahm ihre Hand und zog sie in die Diele, er schloß mit der anderen die Haustür, zog Christine an sich und küßte sie leicht auf den Mund.

»Du schmeckst nach –«

»Martini«, half er aus. »Wie soll es ein Mann auch sonst einen ganzen Tag lang ohne dich aushalten?«

Sie senkte die Augen. »Ich dachte, du wärst nach Aachen zurückgekehrt.«

»Hast du deswegen nicht ein einziges Mal angerufen?«

»Doch, habe ich. Aber es hat sich niemand gemeldet.«

»Verzeih, ich war in der Stadt. Einkäufe gemacht.«

Er half ihr aus dem dunklen, sportlich geschnittenen Nerz. Sie schlüpfte aus den hochhackigen Pumps, war plötzlich um vieles kleiner als er.

»Oh, entschuldige«, murmelte sie und wurde rot, wollte die Schuhe wieder anziehen. »Dumme Angewohnheit.«

»Nein«, sagte er, »bitte, bleib so, bitte.«

Sie sah ihn mit Scheu und – ja, auch mit einer plötzlichen Distanz an, so als habe sie Angst vor ihm.

»Komm«, sagte er leichthin, oder so sollte es wenigstens klingen. »Auf dich wartet auch ein eisgekühlter Martini.«

Er bewegte sich ruhig und sicher in dem ihm ja fremden Haus, und er hoffte nur, daß er damit nichts falsch machte.

Christines Lächeln belohnte ihn, als sie den ersten Schluck Martini gekostet hatte. »Wunderbar. Bestimmt bist du der beste Barmixer der Welt.«

»O nein, das ist Stuart, wenn Helene ihn läßt. Aber ich bin eine gute Kaltmamsell. Komm.« Er nahm ihre Hand und führte sie zu dem kleinen kalten Buffet, das er im Speisezimmer vorbereitet hatte, den Tisch mit Früchten und Blumen verziert.

»Mir läuft wahrhaftig das Wasser im Mund zusammen«, sagte Christine. »Solche Köstlichkeiten – und ganz für uns allein?«

»Ja, ganz für uns allein.«

Und dann vermieden sie plötzlich, sich anzuschauen.

Ja. Sie waren allein. In einem warmen, in einem mit erlesenem Geschmack ausgestatteten Haus, das ihnen eine kluge Frau zur Verfügung gestellt hatte. Wie sonst hätte sich Gretas so plötzliche Reise nach Rom erklären lassen, von ihr, die doch alle jähen Entschlüsse als unklug haßte.

»Kann ich erst bitte noch einen Martini haben?« fragte Christine.

»Natürlich.« Er füllte ihre Gläser aus dem Kristallmixer.

Im Hintergrund, wie von fern her, war die leise Musik zu hören, die er eingestellt hatte, Evergreens, die sie durch ihre einsamen Jahre begleitet hatten, manchmal mit schnell unterdrückter Wehmut, daß da niemand war, mit dem man Erlebnisse und Erinnerungen dazu teilen konnte.

Die Lieder ihrer frühesten Jugend, ›Ich weiß, es wird einmal ein Wunder geschehn‹ und ›Vor der Kaserne, vor dem großen Tor‹, die hätten sie jetzt hören mögen. Und er sah sie noch, wie sie mit ihren tanzenden blonden Zöpfen auf den Bahnsteig gerannt kam, aus der Schule, und er schon im Abteil, und wie sie sich zwischen seine Eltern und Geschwister drängte und rief: »Auf Wiedersehen, auf Wiedersehen«; und sie sah ihn noch, wie er aus dem Abteilfenster lehnte, sein Gesicht so jung und so ernst und so mutig, weil er davor Angst hatte, an den Westwall zu fahren.

»Die Jahre danach sind ohne Bedeutung gewesen«, sagte er jetzt, und sie gingen wie in stillem Einverständnis zum Fenster und schauten in den Garten hinaus, Schnee fiel, der erste feine Schnee.

Und sie sagte: »Du hast recht – ohne Bedeutung und doch Wirklichkeit. Und jetzt Vergangenheit.«

Und sie wandten sich einander zu, und er nahm sie in die Arme.

Zum erstenmal spürte er, wie alle Anspannung in ihr nachließ, wie sie sich ganz in die Umarmung gab.

Er streichelte ihren Hals und ihren Nacken unter dem silberblonden Haar.

»Laß uns nach oben gehen, bitte«, flüsterte sie nach einer Weile.

Und er fragte nicht: Willst du es wirklich? Sie sollte nicht wieder unsicher werden.

Und so gingen sie nach oben.

Er hatte ihr Zimmer noch nicht zuvor betreten, und obwohl es in hellen warmen Farben gehalten war, wirkte es wie eine klösterliche Zelle.

»Entschuldige mich einen Moment«, flüsterte sie und ging ins Bad und blieb lange fort.

Aber er wartete geduldig.

Als sie zurückkam, trug sie nur einen leichten Morgenmantel, weiß, und kam wieder in seine Arme.

Sie zitterte jetzt, und er hatte Angst, daß er sie enttäuschen oder verletzen könnte. Er hatte Angst, irgend etwas falsch zu machen.

»Es liegt alles bereit«, flüsterte sie an seinem Hals. Sie hatte seine Sachen aus der Gästedusche geholt und dafür Platz geschaffen auf der kleinen Marmorkonsole neben dem Waschbecken im Bad, und sein Pyjama lag auf einem Hocker daneben.

Als er zu ihr zurückkam, hatte sie das Licht ausgeschaltet, und er hörte, daß sie gepreßt atmete.

Es war so still im Haus.

»Alles wird gut«, flüsterte er, als er sich neben sie legte und sie wieder in seine Arme nahm. »Alles ist schon gut, meine liebe, liebe Christine.«

Und alles war gut, die Zärtlichkeit und die tastenden, suchenden Bewegungen und das Sichfinden und Vereinen und wieder die Zärtlichkeit und auch ihr helles glückliches Lachen, so plötzlich, so frei und jubelnd: »Ach, Jo, mach doch das Licht an, ich muß dich jetzt einfach ansehen.«

Und sie küßte sein Gesicht und seine Hände.

»Und weißt du, was ich jetzt möchte?« Nie hatte er größere, strahlendere Augen gesehen.

»Was, meine Liebe?«

»Runtergehen, essen, ich hab' einen so wahnsinnigen Hunger. Macht Liebe immer hungrig? So viel muß ich noch lernen, ach Jo, so viel. Willst du mich es lehren?«

»Und ob«, sagte er und stand auf und half ihr in den Morgenmantel – und wollte sie nicht aus seinen

Armen lassen. »Alles. Und ich verspreche dir, wir werden keinen Tag voneinander getrennt sein und keine Nacht.«

Sie aßen, was er als Imbiß vorbereitet hatte. Sie tranken Champagner dazu.

Das Telefon klingelte, Johannes nahm den Hörer auf. »Hier ist der Anrufbeantworter erster Klasse, Sie haben drei Sekunden Zeit, sich die Notwendigkeit Ihres Anrufs zu überlegen –«, und er legte den Hörer wieder auf.

»Ach Jo, wer war's denn?« Christine lachte und kicherte ungeniert und ungehemmt wie ein Schulmädchen.

»Der Mann im Mond.«

»Nein, wirklich.«

»Dein Chef!«

»Oh, ich muß sie anrufen. Darf ich? Fleißners sagen, was mit uns passiert ist. Und Greta in Rom, und –«

»Helene in Aachen«, grinste er.

»Ja, alle sollen es wissen, die ganze Welt.«

Sie tanzte durchs Zimmer. Sie war so schön. Sie war so jung. Und er verstand nur zu gut, daß alle es wissen sollten, daß sie gesundet war, die Wunden vernarbt, das Unglück, der Schmerz, über so viele Jahre nie vergessen, nun endlich vergessen war.

Greta in Rom ließ ein glucksendes Lachen hören. »Also ist das alte Haus doch noch zu etwas nutze geworden. Ich liebe euch beide, und wehe, wenn ich nicht Trauzeugin werden darf!«

Fleißner ließ sein volltönendes Lachen hören. »Na endlich, Christinchen, haben wir dich an den Mann gebracht!« Und seine Frau schnupfte ein bißchen. »Ach Christine, wenn du doch bloß unsere Tochter wärst. Was für eine schöne Hochzeit könnte ich dann ausrichten.«

Stuart in Aachen sagte: »Well done, old boy«, und die Jungens Peter und Paul: »Mensch, Onkel Jo, das war aber 'ne schnelle Drehe.«

»Weißt du, was das ist?« fragte er Christine verblüfft.

»Was immer es ist, sie haben ja recht«, lachte sie.

Und Helene, mit einem tiefen, befriedigten Seufzer: »Na endlich! Hab' schon gedacht, der alte Jo würd's nie mehr schaffen! Christine, ihr heiratet doch im Dom?«

»Noch vor Weihnachten«, rief Johannes ins Telefon.

»Dear me«, sagte Helene, »dann muß ich sofort die Einladungsliste schreiben.«

Und die Jungs drängten noch einmal ans Telefon: »Mensch, Onkel Jo, da hast du dir aber 'ne tolle Kiste geschnappt.«

»Na ja, na ja«, murmelte er und legte schließlich auf.

»Also, dich mit einer Kiste zu vergleichen...«, sagte er und blickte zu Christine auf, die neben ihm stand.

»Sie meinen – meinen Po«, sagte sie.

»Was?«

»Ja!«

»Woher weißt du das?« Er wirkte echt verstört.

»Lieber, ich schau mir Fernsehen an, oder hab's wenigstens leider viel zu oft getan. Und da kriegt man doch was von der Sprache der Jungen mit. Und Kiste ist ein Po oder Hintern, um ganz deutlich zu sein.«

»Wo hab' ich bisher gelebt?«

»In einem Vakuum, wie ich auch«, sagte sie leise, wieder ernst geworden.

Aber er wollte keinen Ernst aufkommen lassen, sondern sagte: »Dann setz deine sehr hübsche runde Kiste endlich auf meine Knie. Wir müssen auch noch Schang zwei anrufen.« Und Schang zwei fand es einfach »Klasse! Mir fehlen die Worte, Chef, so viel Glück können auch nur Sie haben!«

Und sie lachten wieder.

Aber sie wurden auch noch einmal ernst in dieser langen, langen Nacht.

Christine sagte: »Du vergißt nicht, daß ich keine Kinder bekommen kann? Noch haben wir Zeit, Johannes, noch können wir entscheiden, daß dies, daß wir –«

»Es gibt nichts mehr zu entscheiden«, sagte er. »Es ist entschieden. Wir haben uns gefunden. Wir lieben uns. Helene hat zwei Söhne, die eines Tages das Werk übernehmen können, falls sie es wollen. Und da ist immer noch Martinus, der vielleicht eines Tages das gleiche Glück haben wird wie ich, eine Frau zu finden wie dich. Nein, Chris, ich brauche keine

Kinder, um mir zu beweisen, daß ich gelebt und ge-
arbeitet, und wenn du so willst, etwas geschaffen
habe.«

Mit dem Gedanken schlief er schließlich ein, Christine aber lag noch lange wach.

7

Dies war eine Nacht der Entscheidung.

Für Christine in Bonn, die sich endlich von den Schrecken der Vergangenheit befreit hatte, in eine normale, glückliche Zukunft schauen konnte.

Und für eine andere Frau, in dem so viele tausend Kilometer entfernten New York, vor der sich die Zukunft wie ein schwarzer Schacht aufzutun schien, in den sie hineinstürzen sollte.

Christine Geldern hatte Erlösung aus ihrer Einsamkeit gefunden.

Dagmar Johnson schien die Einsamkeit eine Fratze, die in jedem Winkel ihrer armseligen Wohnung lauerte.

Sicher, Herb war noch einmal oder wieder zurückgekehrt. Er war in Deutschland gewesen, sie hatte die Flugscheine in seiner alten Uniformjacke aus Vietnam gefunden.

Aber was hatte er dort gewollt, und warum sprach er nicht mit ihr darüber? Warum hatte er sie nur mit diesen leeren Augen angesehen und schließlich Oliver bei der Hand genommen und gemurmelt: »Wir besuchen meine Mutter.« – »Herb, bitte!« Aber er und Oliver gingen einfach hinaus, und sie blieb allein zurück.

Christine und Dagmar kannten einander nicht,

wußten nichts voneinander, und doch sollte ihre Zukunft sie auf eine Weise verbinden, wie sie enger und endgültiger nicht vorstellbar ist.

Es war noch in derselben Nacht, aber viele Stunden früher in New York.

Schnee war längst gefallen und zu schmutzigen grauen Eisbergen am Rand der Fahrbahn erstarrt.

Auf der Fahrbahn glitten alte verbeulte Wagen vorüber, denn dies war keine Gegend, wo sich so schnell jemand einen neuen Wagen leisten konnte.

Auf den Gehsteigen hasteten Frauen – ja zumeist Frauen – vorwärts, die Oberkörper gegen den Wind gebeugt, der sie umheulte.

Das Heulen des Windes war bis in die kleine Wohnung zu hören, obwohl Dagmar die Ritzen des Fensters mit Plastikstreifen abgedichtet hatte. Das Heulen des Windes und das Heulen des Fernsehers zerrten an ihren Nerven; der Wind war draußen, der Fernseher heulte aus der Wohnung nebenan durch die dünnen Wände.

Sie stand in der kleinen Küche, eine Schürze vor die blaue Uniform gebunden, denn sie war heute spät vom Dienst im Kennnedy Airport nach Hause gekommen. Und jeden Moment würden – konnten – Herb und Oliver nach Hause kommen, vom Besuch bei Herbs Mutter, einer greinerlichen alten Frau, die in einer noch schlimmeren Straße wohnte als sie, in einem einzigen Zimmer hauste, in dem sie leere Bon-

bonschachteln und Schokoladenpackungen stapelte, daß man sich kaum mehr bewegen konnte.

Aber einmal im Monat besuchte Herb seine Mutter, und dann wollte sie natürlich auch ihren Enkel sehen, Oliver, und fütterte ihn mit Schokolade, von der Oliver sagte, die schmeckt wie Scheiße.

O verdammt, dachte Dagmar, während sie den Braten wendete, Sauerbraten, nach dem Rezept ihrer Mutter eingelegt, o verdammt.

Und sie meinte damit eigentlich alles, was ihr derzeitiges Leben ausmachte, und alles, was dazu geführt hatte.

Die Küche war so winzig, daß sie nur ihre Hände auszustrecken brauchte, nach den Zutaten fürs Essen, dem Geschirr, das sie aufs Tablett stellte; nebenan war das Wohnzimmer, auch nicht viel größer, aber wenigstens Platz für einen Eßtisch gab es da. Und dann noch für die Schlafcouch, auf der Oliver schlief, und daneben war der fensterlose Raum, der ihr und Herb als Schlafzimmer diente.

Nun ja, die Miete war billig, und es gab wenigstens eine funktionierende Heizung und im Sommer eine funktionierende Klimaanlage, und sie schliefen nicht wie so viele andere in diesem Block von Greenwich Village des Nachts auf den Plattformen der Feuerleitern, um der sommerlichen Hitze, die sich in den Wohnungen staute, zu entfliehen.

Dagmar knetete den Teig der Kartoffelknödel, halb und halb. »Warum tu' ich das noch?« Sie fragte sich selbst laut. Und niemand antwortete.

Sie hielt inne, starrte vor sich hin. Dann wandte sie sich um, wusch sich die Hände, griff gleich nach den Zigaretten, die neben der Spüle lagen, zündete sich eine an. Ging ins Wohnzimmer. Mischte sich einen Schluck Whisky mit Wasser.

Warum immer noch?

Herb wird nach Hause kommen und auf dem Rückweg genug Pausen eingelegt haben, um voll zu sein. Gerade so voll, daß er Oliver noch an der Hand halten und aufrecht gehen konnte. Okay, und er wird reinkommen, und seine Augen werden mich überhaupt nicht sehen. Er wird sich hinsetzen und sagen, I am hungry, und dann brüllen, ich habe Hunger; und was er ißt, wird ihm egal sein, er schaufelt es nur in sich hinein. Und dann wird er nicht mehr aufrecht gehen, sondern sich überall festhalten müssen, und Oliver wird sich hinter der Couch verstecken, damit Daddy, sein Daddy, ihn nur ja nicht sieht, denn manchmal, ach verdammt noch mal, nicht manchmal, sondern allzu oft, zieht er den Jungen am Ohr hervor und hält ihm lange Reden. Wie's in Vietnam war, der Scheißkrieg und die Moskitos, und wie sie verkauft worden sind, die Jungs, immer wieder die Jungs. Und dann wird er heulen und Oliver mit ihm. Ich muß sie dann beide zu Bett bringen.

Erst Herb und dann Oliver und dann – mein Gott. Sie saß auf der Couch und lehnte ihren Kopf müde gegen das Polster, das immer nach Desinfektionsmitteln roch, denn es gab Küchenschaben in der ganzen Wohnung, und wenn sie vor irgend etwas einen

Horror hatte, dann waren es diese grauen, gepanzerten Tiere, die so leichtfüßig und so entsetzlich geschäftig über alles hinliefen.

Sie wollte zu ihrem Glas greifen und stellte es mit einem Ruck wieder ab.

Nein, verdammt noch mal. Es ist genug, daß Herb trinkt und spielt und alle möglichen Pillen nimmt. Ich doch nicht.

Sie stand entschlossen auf.

Sie kehrte in die winzige Küche zurück, formte die Kartoffelknödel, sah nach dem Braten, nahm die Schale mit dem Apfelkompott aus dem Eisschrank.

Und dabei hatte alles so vielversprechend angefangen, dachte sie.

Freunde hatten sie angerufen, von der Pan Am.

»Du, Daggy, hast du heute abend Zeit?«

»Warum? Ja –«

»Wir geben eine kleine Party. Für einen Freund aus New York. Er heißt –«

Bill, dachte sie, das Wunder geschieht. Es muß einfach so sein.

»Herbert Johnson. Ein wirklich netter Kerl, kennt meinen Kirk noch aus alten Harvardtagen. Na, du siehst, keine schlechte Gesellschaft!« Und Ethel lachte.

Ethel und Kirk bedeuteten eigentlich immer Spaß, wenn man was für die ein bißchen laute Fröhlichkeit übrig hatte, die sie verbreiteten. Aber sie verbreiteten sie auch mit einer solchen Selbstverständlichkeit, daß man sie ihnen wiederum keineswegs übelnehmen konnte oder durfte. Ethel betete Kirk an – »nach zehn Ehejahren, stell dir das vor!« –, und Kirk betete Ethel an, und er war nun wirklich einer der wenigen Männer, die nicht versuchten, einen in einer dunklen Ecke zu erwischen oder womöglich gerade in der Küche, während man versuchte, der Gastgeberin ein bißchen zur Hand zu gehen, indem man frische Eiswürfel holte oder eine frische Schale mit Cocktailkeks.

Kirk war ein alter Hase bei der Pan Am, und Ethel sagte von sich, sie sei sein linker Fuß, mit dem er ein bißchen langsamer trete, damit er noch lange genug bei ihr bleiben könnte.

Was im Klartext bedeutete, Ethel fühlte sich in Frankfurt wohl, ihr Mann auch, und sie strebten nicht nach der höheren und immer höheren Position, woran irgendwann mal die Ehe kaputtging oder ein Herzinfarkt auf dem Spielplan stand.

»Was ziehe ich an?« fragte Dagmar.

»Komm wie du bist.«

»Im Bademantel?«

Sie lachten beide.

»Das nicht gerade«, sagte Ethel. »Da würde Kirk womöglich noch schwach. Zieh dir nur was Hübsches über, daß unser Gast deine Beine bewundern kann. – In einer Stunde?«

»In einer Stunde«, bestätigte Dagmar.

Sie fönte ihr Haar, bis es trocken war und leicht und voll auf ihre Schultern fiel.

Ethel trug nur Farben, die zu ihren bernsteinfarbenen Augen paßten, und so wählte auch Dagmar ein Kleid, das zu ihren Augen paßte, nicht wirklich blau, nicht wirklich grün.

Ihre Mutter lächelte, als Dagmar in die Küche kam, um ihr zu sagen, daß sie ausgehe.

»Du siehst hübsch aus. Amüsier dich gut.« Und ihre Mutter gab ihr einen, wie sie es nannte, ›dicken‹ Kuß.

Wenn es doch bloß Bill wäre, dachte Dagmar und spürte dieses Nagen und Hungern in sich. Sie haben ganz einfach eine Gastritis, hatten mehrere Ärzte festgestellt, aber alle Pillen und Pulver wollten dagegen nichts helfen.

Und gar nicht so lange war es her, daß sie sich in eine Geschichte mit einem Mann gestürzt hatte, der ein bißchen, ein bißchen nur so aussah wie Bill, und der ihr einen Verlobungsring schenkte, um ihr danach zu ›gestehen‹, daß er noch verheiratet war.

Ich bin doch ein komisches Mädchen, dachte Dagmar. Ich kann einfach nicht rummachen, wie das so heißt. Ich kann's einfach nicht.

Sie besaß ihren eigenen kleinen Wagen, stolz selbst bezahlt, weil sie ja nun schon eine richtige Stellung bei der LH bekleidete, als Groundstewardeß. In die Lüfte zog es sie nicht, obwohl man ihr, mehrmals sogar, das schon vorgeschlagen hatte.

Sie wohnte immer noch bei ihren Eltern, und sie hatte auch nicht die Absicht, sich eine eigene Woh-

nung zu nehmen, es sei denn, ja, es sei denn, sie
träfe Bill wieder.

Und da war er dann wieder, und sah ganz anders
aus. Sah Bill nicht im geringsten ähnlich, aber seine
Manieren und sein Lächeln und seine Art, sie anzuschauen, waren Bills Art.

Mir scheint, man erzieht euch, wenn man euch erzieht, alle auf der einen selben Schule, dachte sie und
hätte es gern gefragt. Aber war mit ihren fünfund-
zwanzig Jahren immer noch zu schüchtern dazu.

Ethel war munter wie immer, ihr Mann mixte die
Drinks, »hell für die Frauen, die haben ja eine schwä-
chere Leber, nicht wahr, haha«, und dunkel für sich
selbst und für Herb.

Und das Essen war köstlich, denn Ethel hielt
nichts von Tiefkühlkost und schon gar nichts von
Büchsen.

»Wo ich herkomme, da kommen die Karotten
frisch aus dem Garten auf den Tisch«, hatte sie einmal gesagt und es fertiggebracht, daß ein kleiner,
verhutzelter Bauer ihr die Früchte seines Feldes ins
Haus brachte, die sie ihm mit Wonne abkaufte.

Sie redeten miteinander, sie lachten, für eine
kurze Zeit wurden sie still, als Kirk die Nachrichten
im Fernsehen einschaltete.

»Muß sein«, sagte er, »tut mir leid, sonst schlagen
mich die anderen tot, wenn ich morgen früh nicht
Bescheid weiß.«

Sie erfuhren nicht viel Neues und nichts Gutes.

Ethel lud zu einem Kaffee und Grand Marnier ein.

Und dann sagte Herb: »Wenn Sie erlauben, Dagmar, bringe ich Sie nach Hause?«

»Aber ich bin mit dem Wagen da. Es ist wirklich nicht nötig.«

»Ich gehe gern noch danach spazieren«, sagte er, »so spät ist es ja auch noch nicht.«

»Wissen Sie«, sagte er nach einer Weile, als sie schon im Wagen saßen, »ein Mädchen wie Sie würde man in New York nicht nachts allein herumfahren und erst recht nicht spazierengehen lassen.«

»So schlimm?« fragte sie.

»Schlimmer. Obwohl ich seit langer Zeit nicht mehr dort war. Kirk ist ein netter Bursche, nicht wahr?«

»Sehr nett«, sagte Dagmar. »Und Ethel auch. Ich glaube, wenn Sie mich so fragen, sind die beiden meine besten Freunde.«

»Und es gefällt den beiden hier, in Frankfurt?«

»Oh, Sie haben es ja erlebt«, sagte Dagmar. »Sie halten natürlich Kontakt zum American Club und allen anderen amerikanischen Einrichtungen hier. Aber sie sprechen zum Beispiel auch gern deutsch. Und lesen gern deutsche Bücher. Und hören gern deutsche Musik.«

»Glauben Sie, daß ein Bursche wie ich sich auch daran gewöhnen könnte?« Seine Stimme klang wie die eines kleinen Jungen, der sich im Wald verirrt hat und nach einem Rückweg sucht.

»Warum nicht«, sagte Dagmar. »Ich kenne durch

Ethel und Kirk eine ganze Menge Amerikaner, die eigentlich nur mal kurz rüber kamen, um einen Kursus in Europa zu absolvieren, und dann für immer oder lange blieben.«

Frag ihn nicht, woher er kommt, hatte Ethel ihr in der Küche beim Anrichten zugeflüstert, aber es ist ihm ziemlich dreckig gegangen. Er war in Vietnam, weißt du.

»Es gibt so schöne Wälder hier«, sagte er, »beinahe so schön wie in New York Country.«

»So, da wären wir«, sagte Dagmar und hielt vor dem Haus ihrer Eltern in Sachsenhausen; aus den Fenstern fiel noch freundlicher Lichtschein, und deutlich war der von ihrer Mutter über alles geliebte und gepflegte Garten zu erkennen.

»Schön ist das, so friedlich«, sagte Herb und kam um den Wagen herum und half Dagmar beim Aussteigen.

»Wenn meine Eltern noch auf sind, wollen Sie dann noch einen Augenblick hereinkommen? Mein Vater liebt gute Weine.«

Er betrachtete sie nachdenklich, und seine Augen erinnerten sie wieder sehr heftig und schmerzhaft an Bill.

»Und wenn Ihre Eltern nicht mehr auf sind, dann darf ich nicht mit hineinkommen? Sie sind doch ein großes Mädchen, oder?«

»Aber ich nehme auf meine Eltern Rücksicht«, sagte sie, »und bisher hat es keinen Anlaß gegeben, mich davon abzuhalten.«

Er gab ihr einen leichten Kuß auf die Stirn. »Gute Nacht, kleines Mädchen.«

So fing es an.

Und als sie ihm nachsah, dachte sie nicht an Bill. Herb ist richtig nett, dachte sie. Richtig nett.

Und dann ging sie ins Haus, und ihre Mutter hatte ihr in der Küche wie jeden Abend ein Glas Milch bereitgestellt.

Sie trank es in einem Zug leer. Dann ging sie ins Wohnzimmer und tat etwas, was sie noch nie zuvor getan hatte.

Sie öffnete das Barfach in der Bücherwand und nahm sich noch einen kleinen Cognac. Sie kuschelte sich in die Couch und nippte an ihrem Glas, das Aroma und die Wärme des Cognacs genießend.

Sie ließ noch einmal den ganzen Abend vor ihrem geistigen Auge abrollen, die frischrasierten Gesichter der Männer in dem gedämpften, von Kerzenschein punktiertem Licht, das heitere Geplänkel zwischen ihnen über gemeinsame Erlebnisse aus ihrer Studienzeit, und Ethels rosiges Gesicht und ihre Zufriedenheit über das Gelingen des Abends, ihre geschickten Hände und die Herzlichkeit, mit der sie Herb küßte – wie einen lange vermißten Bruder. Und dann Herbs Augen und seine Stimme, in beiden war Entschlossenheit, aber immer wieder auch Trauer.

Worum trauerte er?

Er war im Krieg gewesen. Vietnam. Natürlich. Das war es.

Ihr Vater hatte selten von seinem Krieg gesprochen und mit den Jahren immer seltener, aber wenn er es tat, von seinen Jahren im Dreck, wie er es nannte, dann war auch immer diese seltsame Entschlossenheit und die Trauer um ihn.

Vielleicht wird Herb mich anrufen und wiedersehen wollen, dachte sie, und sie wünschte es sich sehr. Er hat gesagt, ich sei ein großes Mädchen, aber auch ein kleines... Sie lächelte, ohne daß sie es wußte.

Zwei Tage später rief Herb an und fragte, ob er sie zum Essen einladen dürfe. Ethel hatte ihm ihre Telefonnummer bei der LH gegeben, und sie erkannte seine Stimme sofort wieder.

»Wollen Sie heute abend mit mir essen und ein bißchen bummeln gehen?« fragte er.

»Gern«, sagte sie einfach, »aber ich möchte vorher nach Hause und aus der Uniform in was anderes schlüpfen.«

»Aber sicher. Um sieben bei Ihnen zu Hause?«

»Ja, gern.«

»Danke«, sagte er und hängte auf.

Um Punkt sieben Uhr stand er vor der Haustür, und er sah in seinem blauen Blazer eigentlich aus wie ein Schüler, der gerade sein Abitur bestanden hat.

Sie hatte ein einfaches, leichtes, weißes Wollkleid angezogen und darüber ein kurzes, blaues Jäckchen.

»Guten Abend, Dagmar«, sagte er förmlich, »ich freue mich, daß Sie mit mir ausgehen wollen.«

»Guten Abend, Herbert«, und sie lächelte ihn an. »Kommen Sie auf einen Drink herein, oder wollen wir gleich los?«

»Wenn ich darf, komme ich gerne auf einen Drink herein.«

Sie spürte, daß ihre Eltern Herbert auf Anhieb mochten, und ihm schien es umgekehrt genauso zu gehen.

Sie tranken einen Sherry miteinander, und ihre Eltern lächelten, als die beiden jungen Leute gingen.

»Wollen Sie mir Ihren schönen kleinen Wagen anvertrauen, großes kleines Mädchen?« fragte Herb, und sie gab ihm die Schlüssel. »Ich habe mir genau gemerkt, wo das Restaurant liegt.«

Es war auch in Sachsenhausen gelegen, und man konnte auf den Main blicken. Es war winzig und wurde von einem mit einem stattlichen Bauch versehenen Italiener und seiner kirschäugigen Frau geführt.

Herb hatte einen Tisch vorbestellt, und sie begrüßten ihn mit einem Schwall freundlichen Italienischs, den er ebenso freundlich beantwortete.

»Man kennt Sie ja hier«, sagte Dagmar verwundert, und er, plötzlich richtig pfiffig aussehend: »Das erste, was ich tue, wenn ich in eine fremde Stadt komme – ich suche mir ein kleines italienisches Lokal. Ich trinke den Karaffenwein und bitte um die Pasta, die Mamma mia an diesem Tag empfiehlt. Wenn ich mit dem Essen und der Bedienung zufrieden bin, lade ich den Wirt – und falls er Söhne hat, die ihm zur

Hand gehen, auch diese – zu einem Grappa ein. Das wirkt gewöhnlich Wunder.«

Sie tranken Karaffenwein, der sich als sehr frisch und fruchtig erwies, sie aßen grüne winzige Nudeln in einer köstlichen Soße aus frischer Sahne und Basilikum nach einem köstlichen in Kräutern und Olivenöl marinierten Lachs, und Mamma mia schlug als Hauptgang Kükenschlegel mit einem Hauch von Rosmarin und Grappa flambiert vor.

»Und jetzt muß ich sagen, daß ich noch nie so gut gegessen habe, aber wenn ich jetzt noch etwas essen müßte, dann«, Dagmar hob die Schultern, »ich glaube –«

»Sie würden platzen!«

Herb lachte, und sie sah, wie sich die Haut in seinen Augenwinkeln kringelte. Wie hübsch er aussah und wie heiter, gar nicht mehr traurig.

»Einen Grappa brauchen wir und dann einen Spaziergang am Fluß entlang, und dann bringe ich Sie ganz brav nach Hause, Daggy.«

Und so geschah es.

Nur küßte er sie diesmal zum Abschied auf die Nasenspitze.

Also schon ein bißchen tiefer gerutscht, dachte sie amüsiert.

Und er küßte sie erst an dem Tag voll auf den Mund, als er damit herausrückte, daß er fest entschlossen sei, sie zu heiraten und keine andere und wenn sie nein sage, würde er sie entführen, notfalls mit Gewalt.

»Ich liebe dich«, sagte sie ganz offen, »und du hast mir Zeit gelassen, mir darüber klarzuwerden. Ja, Herb, ich heirate dich gern, von ganzem Herzen gern, und ich glaube, ich werde dir eine gute Frau sein.«

»Und ich dir ein guter Mann.«

So endeten damals auch noch eine Menge Filme – mit einem Kuß in Großaufnahme, und wenn man sentimental genug war, ging man mit feuchten Augen aus dem Kino und dachte: Das Leben ist doch schön.

Sehr förmlich und beinahe steif hielt Herb bei ihrem Vater um ihre Hand an, und die beiden Männer verbrachten eine ganze Stunde lang allein, in der Dagmar ihrer Mutter im Garten half, Rosen zu bändigen, die zu falschen Trieben neigten.

»Ich hoffe, du weißt, was du tust«, sagte ihre Mutter.

»Ich bin mir ganz sicher«, sagte Dagmar.

»Herbert ist ein sehr netter und gewiß anständiger Mann«, sagte ihre Mutter, »eigentlich der netteste, den du jemals mit nach Hause gebracht hast; viele waren das ja allerdings nicht.«

»Ach, Mutti, du weißt doch, vor Herb war eigentlich nur Bill. Damals in Wien.«

»Ich hoffe nur, du siehst in Herbert nicht etwa Bill?«

»Nein, Mutti, nein. Zu Anfang ja, das gebe ich zu, da wollte ich vielleicht in ihm Bill wiederfinden. Bis ich merkte, daß er eben Herbert ist.«

»Versprich mir eines«, sagte ihre Mutter am Morgen des Hochzeitstages, »nimm jetzt diesen Umschlag an dich und frage nicht viel. Aber es könnte einmal der Moment kommen, da du – na also, da du plötzlich Sehnsucht nach uns hättest und ohne lange Faxen zu uns kommen willst. Also, was du dazu brauchst, ist da drin.«

Das Geld aus dem Umschlag war längst aufgebraucht für irgendeine Miete.

Aber ihre Hochzeit war so schön wie ein Traum, an den man sich nach langen Jahren vergeblich zu erinnern versucht, weil man damals so selbstverständlich glücklich war.

Dagmars Vater und Kirk waren die Trauzeugen, und anschließend fuhren Herb und sein Küken, wie er sie nun auch liebevoll nannte, für drei Wochen in einen kleinen Gasthof im Taunus.

Und auch das war ein herrlicher ferner Traum von goldgrünem Blattgespinst an einem langen lauen Sommerabend, den man draußen verbringt und nicht beenden will.

Als sie zurück nach Frankfurt kamen, sagte Kirk: »Ich glaube, Herb, ich hab' da was bei 'ner Bank für dich in Aussicht. Du fängst natürlich nicht als Manager an, aber die Aufstiegsmöglichkeiten sind gut. Und vor allem wird dir dein Sprachtalent nützlich sein, denn Frankfurt hat sich zu einer ziemlich internationalen Stadt entwickelt. Mit 'ner Menge Geldumschlag. Na, wie wär's, mein Junge?«

»Okay, ich stelle mich da mal vor«, sagte Herb. »Wann?«

Aber irgendwie wurde nichts aus der Anstellung, den genauen Grund erfuhr Dagmar nie. Herb sagte nur: »Weißt du, Küken, da saß so ein alter Herr vor mir und alles roch so muffig, so richtig verstaubt, und die Sekretärin sah aus wie zwei Stelzen mit einem Kürbis als Kopf. Nicht ganz das Passende für mich, schien mir.«

Sie sah zwar einen gewissen besorgten Blick in den Augen ihrer Eltern, und sogar in Kirks Augen, aber sie gab sich mit Herbs Erklärung zufrieden. Und Ethel sagte praktisch: »Ich glaube, der Junge will einfach nach New York zurück. Aber bedenke gut, was du tust, wenn ihr wirklich nach New York geht.«

Sie bedachte es und fand es gut für Herb, und sie ging mit ihm nach New York. Er wollte eben endlich nach Hause.

Die LH war großzügig; sie bekam einen guten Job beim Bodenpersonal im Kennedy Airport.

Herb sagte: Ich brauch' nur in die Wallstreet zu gehen und bin in.

Aber er ging nie in die Wallstreet, und seine Mutter lebte in der Bronx; und sie lebten bald auch nicht viel besser, denn Herb brachte es nicht fertig, einen Job zu finden.

Nein, korrigierte Dagmar sich, so war es nicht. Wir kamen nach Amerika, und die Veteranen aus Vietnam waren keine Helden, die man mit offenen Armen willkommen hieß, sondern sie waren Ausgestoßene. Vor den Fernsehschirmen hatten Mum und

Dad ihre eigenen Söhne ausgestoßen, die da für einen Krieg kämpften, den eben niemand verstand.

Es war nicht Herbs Schuld, dachte sie.

Es waren die anderen. Alle anderen. Die Besserwisser. Die Immerbesserwisser.

Sie erkannte Herbs Schritte durch das Heulen des Sturms und des Fernsehers von nebenan und dann Olivers Stimme: »Hi, Dad, gib mir den Schlüssel, ich mach' das schon.«

Und sie trug schnell das Essen auf.

Herbs Augen waren wie mit einem Grau aus Plastik überzogen. Er schien weder sie noch die Wohnung, noch den Jungen wahrzunehmen, der an seiner Seite saß.

Sie aßen schweigend.

Herb ging ins Schlafzimmer, dann ins Bad, würgte, erbrach sich. Oliver versteckte sich hinter der Couch, Dagmar trug die Essensreste in die Küche und verstaute sie im Kühlschrank.

Dann schwiegen Sturm und Fernseher, und auch von Herb war nichts mehr zu hören.

Oliver kroch hinter der Couch hervor.

Sie hatte inzwischen schon sein Bett auf der Couch gerichtet und ihm eine Tasse heiße Schokolade gemacht.

»Oma hat Dad zur Hölle geschickt«, flüsterte der kleine Junge in ihren Armen. »Mum, was ist das?«

»Oh, nichts Besonderes, ein Kino.«

»Aber Dad ist nicht mit mir zur Hölle, ich meine ins Kino gegangen. Er war – du weißt schon.«

»Oliver, Oliver.« Sie streichelte den kleinen Jungen, das Kind, von dem sie geglaubt hatte, es würde dazu beitragen, Herb aufzurütteln, ihn – ja, irgendwie – zur Vernunft zu bringen. »Oliver, dein Dad ist krank.«

»Ja, Mum, das glaube ich auch. Er redet so – weißt du, wie niemand sonst. Von dem Sarg, in dem nur Knochen lagen. Schwarze Knochen.«

Dagmar schloß die Augen.

»Du mußt nicht immer genau zuhören, was Daddy sagt. Er ist verwirrt, verstehst du?«

»Nein«, sagte Oliver. »Wem soll ich zuhören, wenn nicht meinem Daddy?«

Darauf gab es nichts zu antworten, und bald schlief Oliver in ihren Armen ein. Sie legte ihn zurück auf die Couch, deckte ihn zu und ging in das fensterlose Zimmer zu Herb.

Ihre Eltern hatten sie beten gelehrt, und sie hatte – obwohl Herb darüber lachte – daran festgehalten.

Nein, Tischgebete gab es schon lange nicht mehr bei ihnen, aber die stummen Gebete, die hatte sie noch, und sie betete in dieser Nacht: Laß uns einen Ausweg finden, Gott, laß uns nicht untergehen. Nicht untergehen. Gib mir die Kraft, unser Leben zu ändern.

8.

Wie immer, wenn Dagmar den kleinen, in matten Grüntönen gehaltenen und nur indirekt ausgeleuchteten Raum betrat, mit den englischen Jagdstichen an den Wänden, den weichen, ein bißchen abgenutzt, aber daher um so bequemer wirkenden Sesseln mit den kleinen Messingtischchen zur Seite, so war es ihr, als fiele alle Unruhe von ihr ab.

Sie fühlte sich wieder um Jahre jünger; damals war sie zum erstenmal hierhergekommen, auf Anmeldung natürlich, die über ihre Eltern und Freunde ihrer Eltern aus Frankfurt zustande gekommen war; denn Dagmar erwartete ihr erstes Kind, und der beste Arzt, der zuverlässigste Arzt, sollte sie betreuen.

Dagmar war eine sehr schlanke, schmalgebaute Frau, und ihre Eltern hätten es am liebsten gesehen, wenn sie für die Zeit ihrer Schwangerschaft nach Frankfurt zurückgekehrt wäre.

Aber Herb, damals noch ganz entschieden, damals noch voller Vertrauen in sich selbst, wie es schien, hatte sie inständig gebeten, seinen Sohn, den sie Oliver nennen wollten, in seiner Heimat, in New York, zur Welt zu bringen.

Sie lebten damals auch noch in einem wunderschönen hellen Studio, gar nicht weit von der Praxis Dr. Whylers am Central Park South entfernt; Geldsorgen kannten sie noch keine, denn Herb hatte aus Vietnam seinen Sold gespart und die Gefahrenzulage dazu, und mit Dagmars Gehalt bei der Lufthansa kamen sie blendend aus.

Deswegen ließ Herb sich auch Zeit, einen Job zu suchen, schließlich hatte er – mit Stipendien – Harvard mit Erfolg absolviert, und Anwaltskanzleien, Finanzmaklerunternehmen, große Versicherungen standen ihm offen – so glaubten sie.

Er würde eben nur das Beste nehmen.

Er hatte lange luncheons mit ehemaligen Kameraden, er hatte auch kurze Gespräche mit Finanzgewaltigen.

Aber die luncheons überwogen, und oft fand ihn Dagmar abends, wenn sie vom Kennedy Airport nach Hause kam, auf der breiten Couch im Studio schlafend vor, und wenn sie ihn wachküßte, roch sie deutlich den süßen Geschmack des Bourbons.

Sie war damals 25 Jahre alt, und sie wußte, daß Männer gern Alkohol trinken, selbst ihr Vater trank abends stets seine Flasche Frankenwein oder auch, zu festlichen Anlässen, einen besonders guten Burgunder, Weine, die er wie eine Passion pflegte.

Daher machte Dagmar sich zuerst nicht allzu große Sorgen um Herb. Es war nur natürlich, daß er, der schwer verwundet aus Vietnam zurückgekehrt war, sein Leben zuerst ein bißchen genießen wollte.

Sie gingen abends oft aus, in die kleinen intimen italienischen Restaurants und anschließend in eine

Show, meistens am Broadway, ins Kino oder in eine kleine Bar, wo man noch cheek to cheek, Wange an Wange, tanzen konnte, obwohl es deren weniger und weniger wurden, weil die Diskos mit ihrem Chaos von Musik und psychedelischen Farben sie verdrängten.

Doch all das Ausgehen wurde damals langsam, beinahe unmerklich weniger, und Dagmar führte es darauf zurück, daß sie runder wurde, man ihr schließlich deutlich ihre Schwangerschaft ansah, und sie selbst deswegen abends lieber zu Hause blieb.

Aber sie drängte Herb geradezu, dann allein aus-zugehen, sich mit seinen Freunden zu treffen, denn wenn das Baby da war, wollte er eine gute Stellung gefunden haben, einen guten Wagen kaufen, damit sie Ausflüge in die herrliche Umgebung New Yorks machen konnten – auch zu seinem Vater, der in New Jersey lebte, eine gutgehende Garage betrieb und zum zweitenmal glücklich verheiratet war.

Von seiner Mutter sagte Herb nur einmal, sie hat Dad verlassen, weil ihr das Leben draußen zu eintö-nig war. Sie war Tänzerin, weißt du, sie brauchte Künstler um sich, Leben einfach. Daß seine Mutter inzwischen vergessen, verarmt und nur vom regel-mäßig jeden Monat eintreffenden Scheck ihres Man-nes in der Bronx dahinvegetierte, die Ginflasche wohlweislich noch immer versteckte, wenn Besu-cher kamen, sie jedoch immer rasch bei der Hand hatte, erfuhr Dagmar erst nach Olivers Geburt, bei seiner Taufe, von deren Festlichkeit man Herbs Mutter natürlich nicht ausschließen konnte.

Also ging Herb damals nun beinahe jeden Abend allein aus und – das wußte sie natürlich nicht – versuchte sein Glück im Spiel. Sein gespartes Geld schwand dahin, und es gab zwar viele Versprechungen, aber bisher keine angebotene Stellung, die ihm gepaßt hätte.

Sein Vater bot ihm beispielsweise an, nach Willowgrove zu ziehen. Das Haus war groß genug, man konnte es leicht in zwei separate Wohnungen unterteilen, damit das junge Paar mit dem Enkel für sich sein könnte, wie es sich gehörte, und die Garage ernährte auch zwei Familien; dazu war er doch auch nicht mehr der Jüngste und hätte gern jemanden gehabt, der ihm vor allem die Arbeit der Buchführung und Buchhaltung abnahm.

Aber immer noch hatte Herb hochfliegende Pläne.

Und immer wieder kam er mit strahlenden Augen nach Hause und verkündete, ich bin morgen beim alten Jake, erinnert sich noch genau daran, als ich Baseballcoach war, hat wörtlich gesagt, hat immer schon große Hoffnungen in mich gesetzt.

Aber die großen Hoffnungen erfüllten sich nicht, wurden immer kleiner, denn die Gesprächspartner spürten sehr wohl, daß mit Herb nicht alles so stimmte, wie es den Anschein hatte. Er sah natürlich blendend aus, seine Kleidung entsprach dem Standard, den man von ihm erwartete, aber er trank ein bißchen zu schnell, und dann geriet er ins Schwafeln, und schließlich, nicht immer, aber doch oft genug, weinte er plötzlich um seinen in Vietnam gefallenen Bruder, und dann schlug seine Stimmung um, und er nannte sie feige Scheißer, die auf ihren fetten Ärschen gesessen und nur an dem verdammten Krieg verdient hätten, während er seinen Nacken hatte hinhalten müssen und nur mit Müh und Not dem verdammten Scheißkrieg entkommen war. Und einmal, ausgerechnet im Club 21, riß er sich das Hemd auf und zeigte ihnen die Narben, die immer noch rot glühten, von der Maschinengewehrgarbe, die durch ihn hindurchgefetzt war.

Mitleid hatten sie dann schon mit ihm, aber ›it was not done‹, was er tat, und sich einen feigen Scheißer schimpfen zu lassen, verdammt noch mal, das hatte keiner von ihnen nötig. Also ließen sie ihn höflich, aber kalt wissen, daß sie keine Verwendung für ihn hatten.

Und nur seine Kumpels in den Hinterzimmern gewisser Bars beim Poker, die verstanden ihn, die waren Veteranen wie er, aus dem Koreakrieg und dem Vietnamkrieg. Und sie alle hatten einfach die Füße nicht mehr auf den Boden gekriegt, wie sie es nannten.

Amerika war zwar das Land der unbegrenzten Möglichkeiten, aber für seine Helden hatte es keine Verwendung, so war es doch. Das war die Wahrheit, sie mußten sie eben schlucken.

Und eines Tages mußte Dagmar feststellen, daß sie mit der Miete für ihr Studio drei Monate im Rückstand waren, und dann kam auch noch ein ziemlich gewalttätiger Bursche, der Herbs Spielschulden eintreiben wollte, und es wohl bloß nicht tat, weil sie hochschwanger war.

An dem Abend blieb Herb zu Hause, das heißt, sie zwang ihn dazu, indem sie einfach die Tür des Studios abschloß und den Schlüssel versteckte.

Er wollte auf sie los mit den Fäusten, aber dann, in letzter Sekunde, schien auch er sich darauf zu besinnen, daß sie ja sein Kind erwartete, und ließ von ihr ab.

Dann klappte er zusammen und beichtete seine ganze Misere.

»Okay«, sagte sie, »einmal werde ich dir helfen. Aber nur dieses eine Mal.« Sie erbat telegrafisch Geld von ihren Eltern, bezahlte die längst überfällige Miete und Herbs Spielschulden. Sie sprach mit ihrem Chef bei der Lufthansa, und man gab Herb einen Job in der Cargo-Abteilung. Aber das Studio am Central Park konnten sie sich jetzt nicht mehr leisten, und Dagmar suchte und fand die billige Wohnung in Greenwich Village; es sollte ja nur für den Übergang sein, denn wenn Herb seinen Job behielt und ordentlich arbeitete, konnte er rasch zum Cargomeister aufsteigen.

Oliver wurde geboren, Dr. Whyler nahm sich in rührender Weise ihrer an. Dagmar lag auf seiner Privatstation, und sie wußte, auch das hatte sie ihren Eltern zu verdanken.

Für Dr. Whyler wiederum war Dagmar die Tochter, die er sich immer gewünscht hatte, aber seine Frau hatte keine Kinder zur Welt bringen können, und wissend, wie sehr er sich danach sehnte, obwohl er es vor ihr verbarg, hatte sie sich eines Tages mit einer Überdosis Schlaftabletten umgebracht.

Seither war er ein sehr einsamer Mensch, der sich die Schuld am Tod seiner Frau gab und daher niemals mehr zu heiraten gedachte.

Inzwischen war er Anfang der Sechzig, lebte ganz für seine Patienten und vor allem für seine Studien, die allerdings damals außergewöhnlicher Art waren.

Dr. Jonathan Whyler war der Ansicht, daß jedes Ehepaar, das sich liebte, das Recht auf Kinder hatte. Natürlich gab es da den längst üblichen Weg der Adoption. Aber Adoptionen bargen immer wieder auch Gefahren in sich, da man immer wieder damit rechnen mußte, daß die Kinder sich nicht so in die Familie einfügen würden, wie man es erwartete, oder ihre ›echten‹ Eltern irgendwann einmal ihre ›Mutter-/Vaterliebe‹ entdecken und zumindest Verwirrung oder auch böse seelische Verletzung stiften konnten. Und so hatte er sich schon seit vielen Jahren mit der künstlichen Besamung beschäftigt, und zwar auf zweierlei Weise: Eine Frau, deren Mann unfruchtbar war, konnte durch die Übertragung des Spermas eines anderen, sorgfältig ausgesuchten Mannes, der nach Herkunft, Veranlagungen und sogar äußerer Erscheinung ihrem eigenen Mann sehr ähnlich war, durchaus Mutterfreuden erfahren.

Zum anderen war es auch möglich, bei Unfruchtbarkeit der Frau das Sperma des Ehemannes einer anderen, ebenso sorgfältig ausgesuchten Frau zu übertragen, die das Kind nach der Geburt abgab. Dieses Kind würde sehr wahrscheinlich die Merkmale des Ehemannes tragen. Natürlich mußte sichergestellt sein, daß das ›endgültige Elternpaar‹ niemals erfuhr, wer der Samenspender oder die sogenannte ›Leihmutter‹ waren – und umgekehrt –, um eventuelle menschliche Komplikationen von vornherein auszuschließen. Jeder von ihnen mußte anonym bleiben. Dr. Whyler bewahrte daher seine Karteien und Untersuchungsergebnisse in einem Tresor auf, der eigens für ihn von Abercromby in London angefertigt worden war und – zumindest nach menschlichem Ermessen – nur vom Arzt selbst geöffnet werden konnte und der jeder Weltbank zur Ehre gereicht hätte.

Was Dagmar Johnson nicht wußte, war, daß auch ihr Name und eine sehr genaue Beschreibung ihres Charakters und Äußeren sich in diesem Tresor befand.

Dr. Whyler achtete und respektierte Dagmar, sie erschien ihm in einer Zeit, wo man so selten noch in sich gefestigte Menschen trifft, von großer charakterlicher Stärke, von einer selbstverständlichen Anständigkeit, dazu des Mitleids und der Liebe fähig und vor allem des Verständnisses für die Schwächen und Fehler anderer Menschen. Denn während sie seine Patientin war, hatte er sehr wohl aus ihren Gesprächen ihre Sorgen um Herb herausgehört, und er hatte sie bewundert, wie sie diese Sorgen meisterte oder wenigstens zu meistern versuchte.

Aber als sie ihm nun an diesem Tag vor Heiligabend im Jahre 1968 gegenübersaß, erschrak er über ihre Blässe, erschrak über den tiefverwundeten, ja verzweifelten Ausdruck in ihren großen grauen Augen mit den tiefdunklen Wimpern, die, wie er wußte, nicht einmal getuscht waren.

Sie trug ihre Lufthansauniform, ihr hellblondes Haar war gepflegt wie stets, aus der hohen runden Stirn zurückgekämmt und im Nacken mit einer unauffälligen blauen Spange zusammengehalten.

Außer ihrer Blässe und ihren Augen verrieten nur ihre Hände, daß sie sich in seelischer Not befand.

Und so hielt Jonathan Whyler sich nicht mit Umschweifen auf, sondern fragte direkt: »Dagmar, Sie haben Sorgen, und ich bin froh, daß Sie damit zu mir gekommen sind.«

Ihre Augen wurden feucht, aber sie weinte nicht, sie senkte nur für Sekunden die Lider, dann sagte sie: »Ja, Sie haben recht. Denn Sie sind der einzige in New York, dem ich mich anvertrauen kann. Herb ist krank. Nicht körperlich, aber seelisch. Er hat jeden Lebensmut verloren. Er trinkt mehr als ihm guttut. Er verliert jeden Job. Er spielt. Alte Kameraden aus dem Vietnamkrieg hält er für seinen einzigen Halt. Er verspielt Geld, das wir nötig brauchen, um normal und anständig zu leben. Und ich habe Angst, daß er sogar in letzter Zeit Drogen nimmt, was ich allerdings nicht beweisen kann. Sogar Oliver, den er liebt, hat inzwischen Angst vor ihm.«

»Sie könnten Herb verlassen und mit Oliver zu Ihren Eltern nach Frankfurt zurückkehren.«

»Ich liebe Herb. Ich will ihm helfen.«

»Also wollen Sie bei ihm bleiben?«

»Ja.«

»Dann müssen wir einen Weg finden, ihn zu heilen. Können Sie ihn zu mir bringen?«

»Er wird nicht kommen.«

»Also werde ich Sie besuchen.«

»Das würden Sie tun?«

»Natürlich.« Er schaute sie nachdenklich an. »Es gibt Heime für Kriegsveteranen; hier können sie sich einer psychiatrischen und neurologischen Behandlung unterziehen. Aber davon halte ich persönlich nichts, denn dort sind diese in ihrer Psyche verwundeten Männer ja wieder unter sich. Der Aufenthalt in solchen Heimen hat nur den einen Vorteil, daß er die Angehörigen nichts kostet.«

»Ich habe nur mein Gehalt, aber ich könnte einen Kredit aufnehmen.«

»Sie könnten Ihre Eltern um das Geld bitten. Auch ich würde es Ihnen geben, Dagmar.«

»Ich danke Ihnen, aber nein. Ich muß das allein durchstehen, verstehen Sie? Wenn Herb gesund wird, soll er wissen, daß er und ich es allein geschafft haben – mit Ihrer Hilfe natürlich, indem Sie ihn überhaupt zu einer stationären Behandlung bewegen und ein entsprechendes, ja das beste Heim für ihn ausfindig machen.«

Dr. Whyler nickte und dachte daran, daß er den Aufzeichnungen über Dagmar noch ›Zivilcourage‹ hinzufügen müsse.

»Ich werde ein entsprechendes Heim für Herb finden, und ich werde mit ihm sprechen. Ich bin sicher, er sieht ein, daß er ärztliche Hilfe und Behandlung braucht.«

»Ich danke Ihnen, Doktor.« Dagmar stand auf. Sie nahm ein kleines, in Weihnachtspapier gewickeltes Päckchen aus ihrer Handtasche. »Ein Gruß von Zuhause.«

»Christstollen?« fragte er.

Sie nickte: »Selbstgebacken.«

Und dann lächelten sie sich an.

»Ich danke Ihnen von Herzen, Dagmar, daß Sie an mich alten Mann gedacht haben«, sagte Whyler förmlich, aber als er sie dann zur Tür brachte, legte er doch den Arm um ihre Schultern. »Sorgen Sie sich nicht, Sie und ich, wir werden Herb gemeinsam auf den rechten Weg zurückführen.«

9

Jetzt befinde ich mich auf dem richtigen Weg, dachte Herb, verdammt noch mal, jetzt sehe ich endlich, wo es lang geht.

Der Raum war verräuchert, die Jungs hatten wohl alle noch nichts vom krebserzeugenden Tabak gehört. Sie pafften dicke Zigarren und soffen den Whisky aus Wassergläsern ohne Wasser. Er selbst unterschied sich von ihnen wohl nur dadurch, daß er noch seine Krawatte trug.

Und jetzt hatte er Glück; das Pokern fiel ihm leicht, und er dachte daran, wie das gewesen war, als er noch ein kleiner Junge war.

Einmal in der Woche abends kamen die Kumpels seines Vaters in das kleine Hinterzimmer über der Garage, in dem nichts weiter stand als ein runder Tisch mit ein paar Stühlen drum herum.

Darüber hing eine elektrische Birne unter einem grünen Schirm.

Aus einer Eisbox gab es Bier und, wenn das Spiel sich ausdehnte, später Whisky pur wie hier.

Herb erinnerte sich noch genau an das silberne Blinzeln der Münzen, die größten waren halbe Dollars, um die gespielt wurden.

Aber sein Vater bekam am nächsten Morgen von

seiner Mutter immer zu hören, er ruiniere sie für den Rest ihres Lebens! Er bringe sie um die Sicherheiten ihres Alters!

Statt mit blutunterlaufenen Augen herumzulaufen, sollte er lieber Neffs Wagen endlich reparieren und mal endlich nach Kukes Traktor sehen! Dabei lief sie aufgeregt hin und her, mit flatternden gelben Ärmeln eines Morgenrocks, scheuchte Herb und seinen Bruder aus der Küche. Zur Schule, zur Schule, ihr kommt sonst wieder zu spät.

Sein Vater ging dann ein, zwei Tage lang mit ernster Miene umher, bis Herb endlich die seltsamen Geräusche aus dem Schlafzimmer hören konnte, die seine Mutter wiederum am nächsten Morgen dazu veranlaßten, mit blitzenden Augen Pfannkuchen zu backen und mit dem Ahornsirup nicht zu geizen.

Gar keine schlechte Erinnerung, dachte er, während er befriedigt wahrnahm, wie sich neben seiner linken Hand die Dollarnoten vervielfältigten. Aber schon lange her. Viel zu lange. Und schließlich war es nicht Vater, der uns alle um unsere Existenz brachte, sondern Mutter. Sie nahm alles an Geld, was in der Kasse und auf der Bank war, und danach platzten auch noch ein paar ungedeckte Schecks, nachdem sie Papa in einem Brief erklärt hatte, sie wolle, nein, sie müsse ein neues Leben in New York beginnen, ehe es dafür zu spät sei.

Pa las uns den Brief vor und sagte: »Ich trage es eurer Mutter nicht nach. Sie war immer ein hübsches Ding, und aus all den Zeitschriften, die sie gelesen hat, ist ihr wohl klargeworden, daß es höchste Zeit war, hier abzuhauen. Und wenn ich's mir leisten kann, werdet ihr sie in New York besuchen können, sooft ihr sie sehen wollt.«

Aber viel wurde eigentlich nicht daraus, denn da kam erst mal das College und später für ihn Harvard, während sein Bruder, den alle nur Hub nannten und alle Leute gern mochten, bei seinem Vater in der Garage blieb.

»Das reicht mir«, sagte Hub. »Ich riech' Maschinenöl und solche Sachen gern. Du bist der Kopf in der Familie, also nimm dein Stipendium und geh nach Harvard, Herb, und ich spare hier ein paar Kohlen, falls du sie mal nötig brauchst.«

Der ewig lächelnde, ewig zufriedene Hub, ein hübsches Mädchen lernte er kennen, aber das starb, ehe er es fragen konnte, ob es ihn heiraten wolle.

Dafür brachte sein Vater eine neue Frau ins Haus, eine stille ruhige Frau, die niemals mit ihren Augen blitzte und immer sparsam mit dem Ahornsirup umging.

Und dann kam der Krieg, und dann machte es puff, und Hub war plötzlich in Vietnam, und ich Idiot dachte: Du kannst doch deinen Bruder nicht im Stich lassen. Und ging auch.

Herb spürte plötzlich die stechenden Schmerzen in seinem Kopf, die immer dann kamen, wenn er zu lange nachdachte. Besonders über Hub. Sein Gesichtsfeld engte sich ein, und er sah die Gesichter der anderen Männer um den Tisch nur noch kaum viel größer als Stecknadelköpfe.

Er schloß einen Moment lang die Augen, aber die Schmerzen hinter seiner Stirn wurden nur schlimmer.

»Ich – ich muß Schluß machen, meine Herren«, sagte er förmlich – soweit das noch ging. O ja, er war einmal vor sehr sehr langer Zeit sehr stolz auf seine tadellosen Manieren gewesen.

»Ausgerechnet jetzt?«

»Na klar, weil er uns die Hosen runtergezogen hat!«

»Feigling!«

Etwas explodierte in seinem Kopf, und er war hoch und sah jetzt auf und ab tanzende Köpfe wie Leuchtkugeln, die den Dschungelhimmel nicht erreichten.

Und er schlug um sich und fegte Gläser und Flaschen vom Tisch und die Karten und das Geld, und schlug weiter um sich, auch als die Sirene schon heulte, und er schlug noch immer um sich, als sie ihn schon abführten.

Er kam wieder zu sich, als er auf einem Stuhl saß, und jemand hatte seine Hände hinter der Stuhllehne mit Handfesseln zur Ruhe gebracht. Im Polizeirevier.

»Na endlich«, sagte das Gesicht vor ihm, das er ganz deutlich erkennen konnte. Es gehörte Ernest, den sie im Village nur Ernie nannten. Es war ein gutes Gesicht, viel zu alt für seine rund vierzig Jahre, aber ein sehr gutes, beruhigendes Gesicht.

»Herb, mein Junge«, sagte Ernie und lehnte sich vor. »Diesmal hab' ich dich noch rausholen können, aber ob mir das noch mal gelingen würde, glaube ich nicht. Verstehst du mich überhaupt, Herb?«

»Ja, Ernie, hab' genau verstanden. Kann ich – bitte einen Schluck Wasser haben?«

»Du kannst sogar einen Schluck aus meiner Flasche haben«, sagte Ernie, »denn du bis ja kein Säufer. Aber du bist verrückt.« Er tippte sich gegen die hohe gefurchte Stirn.

Der holte aus den Tiefen seines Schreibtisches eine Flasche und kam um den Tisch herum und hielt den kleinen abgeschraubten silbernen Becher gefüllt an Herbs Lippen.

Herb schluckte. Es war, als bräche ein Feuer in seinem Mund aus, das bis in den Magen herunterraste.

Ernie nahm einen Schluck direkt aus der Flasche und schraubte sie wieder zu. Er stellte sie auf den Schreibtisch.

»So, und jetzt kannst du auch deine Hände wieder bewegen, aber bitte, laß sie von meinem Hals.« Es klickte, und Ernie nahm Herb die Handfesseln ab.

Ernie kehrte hinter seinen Schreibtisch zurück und setzte sich wieder.

»Hör zu, Herb«, sagte er, »ich kenne dich jetzt schon eine ganze Weile; du hast eine nette Frau und einen netten Jungen, und eigentlich gehören Leute wie ihr überhaupt nicht in mein Revier. Aber da seid

ihr nun mal, und weiß der Teufel, was euch hierher-
gebracht hat. Aber du mußt hier raus, verstehst du,
solange es noch Zeit ist. Heute abend wollte einer mit
dem Messer auf dich los, als du um dich schlugst. Das
war sozusagen dein Glück. Aber beim nächstenmal
sind es womöglich zwei, und wir kommen zu spät.
Wir sind nicht immer so schnell bei der Hand, es war
nur, weil wir gerade in deiner Nähe waren. Nimm
endlich, verdammt noch mal, eine ehrliche Arbeit
an!« brüllte Ernie plötzlich los. »Du verdammter Viet-
namkrieger, du! Einmal mußt du doch aufhören,
deine eigenen Wunden immer wieder aufzukratzen!
Ich hab' einen Sohn, der war auch draußen bei den
kleinen gelben Wilden, und der hat jetzt keine Augen
mehr. Aber merde alors!« Wenn Ernie sich sehr auf-
regte, dann fiel er in die Sprache seiner Mutter, die aus
Frankreich mit einem siegreichen Sergeanten des Ersten Weltkrieges freudig gen New York gezogen war.
»Mein Junge lernt jetzt Braille, Blindenschrift. Jawohl! Und er ist fest entschlossen, ein guter Anwalt
zu werden! Ein sehr guter! Und er hat sogar ein feines
Mädchen gefunden, so eine wie deine Frau, die ihn
bei der Hand nimmt und führt. Also?«

»Du hast mit jedem Wort recht«, sagte Herb. »Ernie, wirklich.« Er stand auf.

»Bleib sitzen, verflucht noch mal, du bist noch
nicht entlassen!«

»Gut.«

»Ich bringe dich jetzt nach Hause, zu deiner Frau,
und ich will mit meinen eigenen Ohren hören, wie

du ihr sagst, wie leid es dir tut, was du anstellst. Und ich will mit meinen eigenen Ohren hören, wie ihr einen Arzt anruft, den ihr kennt. Und wenn ihr keinen kennt, dann rufe ich einen an, verstanden?«

»Ja, Ernie.«

»Und hier ist das Geld, das du dir heute abend auf so ruhmreiche Weise verdient hast«, sagte Ernie und schob ihm einen Bündel Dollar zu, das mit einem Gummiband zusammengehalten war. »Kauf deinem Sohn dafür ein schönes Weihnachtsgeschenk.«

Die Fahrt im Streifenwagen über schwieg Ernie.

Und es war ein sehr zorniges Schweigen, das Herb auf eine Art nüchtern und klar denken ließ, wie seit langer Zeit nicht mehr.

Ich habe noch meine Augen und Ohren, ich kann reden und habe noch beide Arme und beide Beine, und ich habe Dagmar und Oliver, und ich muß tun, was Ernie sagt. Und ich werde es tun.

»Ich komme spät, Küken«, sagte er zu Dagmar. Er war sehr blaß, aber auch sehr ruhig. »Und dies ist Ernie, den du ja kennst. Ich habe wieder einmal durchgedreht. Ernie hat mich da rausgeholt. Ich brauche einen Arzt.«

»Der kommt sofort, wenn ich ihn erreichen kann«, sagte sie und lief schon zum Telefon.

Ernie blieb neben Herb stehen.

Sie lauschten beide dem kurzen Gespräch, das Dagmar führte.

Mit leuchtenden Augen drehte sie sich um.

»Wir haben Glück!« rief sie. »Er ist zu Hause, und er kommt sofort. Er hat gesagt, in zwanzig Minuten ist er hier.«

Und da kippte Herb vornüber, und Oliver floh ins fensterlose Schlafzimmer. Ernie und Dagmar hoben Herb auf die Couch.

Jetzt trug er keine Krawatte mehr. Sein Anzug und sein Hemd waren schmutzig und hier und da blutverschmiert.

»Aber Sie lieben ihn immer noch«, sagte Ernie, »das sehe ich Ihnen an. Nur muß das alles, wo er da reingeraten ist, jetzt endlich ein Ende haben.«

»Ja, das muß es«, sagte sie. »Das muß es, Ernie.«

Und Ernie ging, als Dr. Whyler kam, mit einem Scherz: »Geben Sie ihm mal eine ordentliche Dosis Abführmittel, das hat meine Mutter auch immer getan, wenn wir uns zu vollgefressen hatten. Und dieser arme Junge da hat sich bis obenhin mit seinen Problemen vollgestopft.«

Aber es brauchte noch eine gewisse Zeit und noch ein paar Umfaller, wie Dr. Whyler sie bezeichnete, bis Herb sich endlich bereit erklärte, gesund werden zu wollen, wie auch immer, wo auch immer und was immer dabei auch herauskommen sollte.

Er selbst glaubte nicht an seine Gesundung.

Er selbst glaubte daran, daß er für immer verdammt sei, in der Hölle, die er sich wahrhaftig nicht selbst geschaffen hatte, leben zu müssen.

10

Es war wieder Heiligabend, aber genau ein Jahr später, und in dem schönen, alten, neuen Haus am Preußweg in Aachen atmete alles die festliche Stimmung dieses Abends.

Im ganzen Haus duftete es nach Printen und Zimtsternen; es duftete nach dem traditionellen Abendessen, der gefüllten Kalbsbrust , umlegt mit kleinen runden gebratenen Kartoffeln, und Leipziger Allerlei. Es duftete nach den Kerzen, die in allen Zimmern brannten, und alle waren voller Vorfreude auf das Fest im Kreise einer glücklichen Familie.

Christine kleidete sich um, während Johannes und Stuart im Kaminzimmer die nach alter Tradition geschmückte Silbertanne bewunderten, einen kleinen Sherry tranken und dann gemeinsam zur Haustür gingen, um, wie sie zuerst dachten, einen Fremden einzulassen. Aber es war Martinus, braungebrannt; seine blauen Augen leuchteten in einem tiefen, ja leidenschaftlichen Feuer – vielleicht, so dachte Johannes, konnte man es sogar fanatisch nennen. Martinus trug Khakizeug, das viel zu dünn für die Kälte und den Schnee draußen war, und sie zogen ihn schnell ins Kaminzimmer.

»Alter Junge, das nenne ich eine Überraschung«, rief Stu, schlug ihm auf die Schulter, brachte ihm einen unverdünnten Malt-Whisky, und Johannes sagte: »Das ist die größte Freude, die du uns machen konntest.«

»Ja, mir war wieder mal nach Weihnachten zu Hause, und da ich eine Vertretung bekommen habe, konnte ich die nächste Maschine aus Nairobi nehmen und bin heimgekommen.«

Christine hatte auch das Türläuten gehört und die freudigen Ausrufe, also war nun auch Martinus zu Hause.

Wie schön, alle würden sich freuen, vor allem Helene, die ganz besonders an ihm hing und während der vergangenen fünf Monate sich die größten Sorgen um ihn gemacht hatte, weil einfach keine Nachricht von ihm kam.

Christine zog sich ein bißchen rascher an. Sie trug heute abend ein bodenlanges graues Samtkleid, das wie ihre Augen mal bläulich oder auch mal violett schimmerte. Dazu die Saphirohrringe, die ihr Johannes zum ersten Hochzeitstag geschenkt hatte.

Wie glücklich sie doch in diesem vergangenen Jahr gewesen war, wie tief und umfassend glücklich.

Nur eines war da gewesen, nie deutlich zu erfassen, das sie aber vor allem in einem immer wiederkehrenden Traum quälte.

Sie stand in einem dunklen Raum und fand den Lichtschalter nicht. Dann, so als würde es Tag, erhellte sich der Raum ganz langsam, und sie sah ein Kinderbett dort stehen, und da war eine riesige

Freude in ihr, und sie lief darauf zu, aber ehe sie es noch erreichen konnte, erwachte sie jedesmal.

Und jedesmal hatte sie geweint.

Sie konnte mit Johannes nicht darüber sprechen, das heißt, sie wollte es nicht. Sie wollte einfach das Glück, die Harmonie, die zwischen ihnen war, nicht verletzen, ihr nicht den kleinsten Riß zufügen, der Einheit, in der sie sich befanden.

Aber mit Greta, die sie regelmäßig einmal im Monat besuchte oder die auch zu ihnen kam, sprach sie darüber.

Ohne Umschweife meinte Greta Mankiwitz: »Du sehnst dich einfach nach einem Kind. Was ja nur natürlich ist. Ich weiß es ist schwer, sich damit abzufinden, daß man keine Kinder bekommen kann. Am Anfang meiner Ehe habe ich mich auch danach gesehnt, sah sie als die letzte Erfüllung an; aber dann fand ich mich damit ab, daß ich keine haben würde und wußte, das Wichtigste war meine Ehe mit Claus und unsere Liebe. Und als ich dann allein war, habe ich ja sozusagen noch eine Tochter bekommen, dich, Christine. Ja, du bist mir wie eine Tochter. Also gräme dich nicht. Genieße jede Minute, jede Sekunde, die du mit Johannes hast.«

Danach blieb der Traum eine Zeitlang aus; aber nun, in den letzten drei Monaten, war er härter und stärker denn je wiedergekommen; ehe Christine erwachte, sah sie stets, daß das Kinderbett leer war – und jedesmal war ihr, als müßte sie sterben.

Und sie bekam Erstickungsanfälle, ganz plötzlich

und, wie es schien, ohne Grund. Johannes, davon geängstigt, nahm sie mit zu den besten Ärzten in Aachen, aber sie konnten alle nichts anderes sagen als: Es gibt keine organische Ursache dafür.

Also mußte es eine seelische Ursache geben. Und die seelische Ursache war, daß sie keine Kinder bekommen konnte.

Es klopfte an ihre Schlafzimmertür, während Christine noch einmal leicht mit der Bürste über ihr Haar strich.

»Herein!«

Peter und Paul traten ein, beide in dunkelblauen Samtanzügen, beide mit dunkelroter Schleife.

Sie starrten Christine an.

»Mann, siehst du toll aus!« Das war Peter, der meistens das erste Wort fand.

»Du siehst schön aus wie ein Weihnachtsengel«, versuchte Paul ihn zu übertrumpfen.

»Alle warten schon auf dich«, sagte Peter, »und weißt du, wer auch gekommen ist? Onkel Martinus. Und stell dir vor: statt sich um seine Elefanten und Nashörner zu kümmern, arbeitet er jetzt in einem Waisenhaus.«

Da war der Stich in ihrer Brust, der Husten quoll in ihre Kehle, aber Christine griff schnell nach dem Glas Wasser, das sie oft genug in Reichweite bereithielt, und nahm eine der hellgrünen Tabletten. Sie zwang sich, tief durchzuatmen, der Hustenanfall ging vorbei, noch ehe er begonnen hatte.

»Und weißt du, was Onkel Martinus gesagt hat? Er

hat schon zwanzig Zuschriften allein hier aus Aachen, und alle wollen sie ein schwarzes Baby nehmen. Was hältst du davon, sollen wir nicht auch eins nehmen? Wenn du dann noch deins kriegst, das gibt aber einen Spaß!« sagte Paul.

»Wir werden sehen«, sagte Christine. »Wie ich euch kenne, stellt ihr dann sofort eine schwarzweiße Fußballmannschaft auf, wie?« Sie lachte, obwohl es ihr schwerfiel.

»Nee«, sagte Peter, »wir bauen ein großes Schachbrett im Garten und lassen die Babys als lebende Schachfiguren herumstolzieren. Aber komm jetzt, hör doch, die Glocken läuten ja schon.« Die Jungen nahmen sie bei der Hand, und so gingen sie zum Kaminzimmer.

Es wurde ein wunderschönes Weihnachtsfest in dem großen Haus am Preußweg, weil alle einander zugetan waren, weil es keinen Neid und keine Mißgunst gab.

Und doch erlitt Christine nur drei Tage später einen Zusammenbruch. Er begann mit einem Hustenanfall, dann folgten Weinkrämpfe, die einfach nicht aufhören wollten.

Johannes bat einen Freund aus Studientagen herbei, der an der Kölner Universität Psychiatrie lehrte; ihm, der erfahren und behutsam seine Fragen zu stellen wußte, gab Christine ihre Sehnsucht nach einem Kind zu, einem Erben für Johannes, der seinen Namen weitertragen würde, ja, und auch die Angst, Johannes werde eines Tages ihre Kinderlosigkeit doch schmerzlich empfinden, werde sich daher von ihr entfernen, und er war doch der einzige Mensch, dem sie wirklich angehörte.

Professor Grosshardt versuchte alles in seinen Kräften Stehende, um Christine aus ihrer Depression zu befreien, aber es gelang ihm nur für Tage.

Schließlich sprach er mit Johannes, der um Christines Leben fürchtete.

»Sie könnte ersticken, sie könnte die Qual nicht mehr aushalten, bitte, hilf uns, Manfred.«

Und Manfred Grosshardt berichtete zögernd, jedoch ausführlich von der einen Möglichkeit, die es für sie beide gebe: Er nannte den Namen Dr. Whylers, der weit über die Grenzen Amerikas hinaus den Ruf genoß, einer der großen Mediziner und Gynäkologen unserer Zeit zu sein.

11.

Es war eine sehr fremde und ungewöhnliche Idee, die Professor Grosshardt zuerst Johannes und dann auch Christine vortrug. Aber es gelang ihm, sie mit den Einzelheiten so vertraut zu machen, daß nach einer Weile ihnen nichts mehr daran unmöglich erschien.

Ein Kind von Johannes würde geboren werden von einer fremden Frau, die sorgsam ausgewählt werden würde, an deren Charakter und Zielen keine Zweifel bestehen konnten. Sie würde ähnliche Eigenschaften haben wie Christine und ihr auch äußerlich gleichen. Und sie würde niemals erfahren, wessen Kind sie austrug – der wahre Name des Vaters, sein Herkommen und seine Lebensverhältnisse würden für immer geheim bleiben. Sie würde das Kind auch niemals sehen dürfen.

Das Kind würden die ›Eltern‹ erhalten, und es würde von Anfang an ihr Kind sein.

Johannes widerstrebte eine Entscheidung dieser Art, doch was hätte er nicht alles getan, um Christine wieder gesund und glücklich zu sehen.

»Niemand wird je von dieser Operation, das heißt, dieser Entwicklung zu erfahren brauchen, wenn Ihr es fertigbringt, euch selbst genügend abzuschirmen«, erklärte Grosshardt ihnen. »Das heißt natürlich, daß Christine die entscheidenden Monate ›ihrer‹ Schwangerschaft nicht zu Hause, sondern beispielsweise in einer entsprechenden Klinik in der Schweiz verbringen wird. Und wenn alle angebliche Gefahr für Mutter und Kind vorüber ist, kehren beide gesund nach Hause zurück.«

Christines Erstickungsanfälle hörten von einem zum anderen Tag auf, und auch ihre Weinkrämpfe kamen nicht wieder.

Johannes hätte ihr gern noch einmal gesagt, daß er nicht nach eigenen Kindern verlangte, aber er wagte es nicht, aus Angst, sie könnte in ihre psychische Verwirrung zurückfallen.

Er nahm auf Empfehlung von Professor Grosshardt brieflichen Kontakt mit Dr. Whyler in New York auf, schilderte ihm genau die psychischen Störungen seiner Frau. Er berichtete von ihren frühen traumatischen Erlebnissen auf der Flucht aus dem Osten, dem Verlust ihrer Eltern, der Vergewaltigung, die zu Christines Unfruchtbarkeit geführt hatte – und von ihrem sehnlichen Wunsch nach einem eigenen Kind.

Dr. Whyler reagierte sehr vorsichtig, verlangte persönliche Daten von Christine, wenn man so wollte, ihren gesamten Werdegang vom jungen Mädchen zur Frau, bat um Fotos. Er bat um umfassende medizinische Unterlagen sowohl von ihr als auch von Johannes.

All das erledigten Johannes und Grosshardt sozusagen im geheimen, denn, so hatte Grosshardt gesagt, es bestand durchaus die Möglichkeit, daß Whyler ihre Bitte noch abschlug.

Jonathan Whyler war ein kompromißloser Mann. In seiner Karriere als Arzt und Forscher hatte er gelernt, nur das Unausweichliche und das Absolute anzuerkennen. Und erst als ihm alle Unterlagen über das deutsche Ehepaar vorlagen und nach sorgfältigem Studium, erklärte er sich bereit, Johannes und Christine zu empfangen.

»Ich kann Ihnen nichts versprechen«, schrieb er Johannes, »nur so viel, daß wir ein ausführliches Gespräch miteinander führen werden. Ich wäre Ihnen sehr verbunden, wenn Sie mir Ihre voraussichtliche Ankunft in New York mitteilten, damit wir einen genauen Termin vereinbaren können.«

New York empfing die Verviers mit seidenweicher Frühlingsluft, mit einem Blau des Himmels, das man niemals über der Millionenstadt vermutet hätte. Es empfing sie mit einem freundlichen Taxichauffeur, der sich anbot, ihnen alle Sehenswürdigkeiten dieser Stadt zu zeigen, die wie keine andere dazu angetan ist, einen Besucher zu faszinieren.

Aber Christine war müde vom langen Flug, und sie begnügten sich damit, an diesem Tag sofort ins Hotel zu fahren.

Christine schlief schon, während Johannes den Sonnenuntergang inmitten von Manhatten bewunderte. Da war ein rotes Strahlen und Leuchten, das jäh erstickt wurde von Millionen hellerleuchteter Fenster der Wolkenkratzer, die das Hotel umgaben, und einer seltsam sanften, viele Geräusche verbergenden und dämpfenden Dämmerung.

Johannes setzte sich an Christines Bett und betrachtete das zarte, schlafende Gesicht. Er strich über das hellblonde, beinahe silbrige Haar und hatte Angst, sie zu verlieren.

Aber waren sie nicht gerade hierhergekommen, damit er sie behalten sollte? Damit sie gesunden sollte?

Er hielt sie in dieser Nacht in seinen Armen und betete. Er bat darum, daß Gott, den er seit seiner Kindheit zwar nicht vergessen hatte, aber an den er auch nicht mehr wirklich hatte glauben können – bei all dem Unheil, den Kriegen, den Grausamkeiten, die er zuließ –, ihm sein Glück mit Christine erhalten und es sogar noch festigen möge.

Aber wenn man so will, hatte er ja in diesem einen Jahr mit Christine, nach ihrer Hochzeit im Dom von Aachen, durch sie zu Gott zurückgefunden. War es nicht sein Geschenk, daß er Christine wiedergetroffen hatte, sie lieben durfte und von ihr geliebt wurde?

Und so würde auch, so dachte er in dieser Nacht, ein Kind von ihm für Christine ein Geschenk von Gott an sie beide sein.

12

Zuerst hatte Dagmar Johnson die Tage angestrichen, seitdem sich Herb im Sanatorium befand, dann wurden Wochen draus und schließlich Monate.

Mit einemmal schien die kleine düstere Wohnung im Village beinahe zu groß für Oliver und sie.

Noch immer gab es den Krach von oben und unten aus dem Haus und noch immer das lärmende Fernsehen aus beinahe allen Wohnungen, nur aus ihrer niemals, da der Fernseher kaputtgegangen war, und sie ihn nicht hatte reparieren lassen, weil Oliver in ihrer Abwesenheit eine geradezu gierige Vorliebe für die wildesten Western entwickelt hatte – und das konnte für einen kleinen Jungen von erst drei Jahren wirklich nicht gut sein.

Als Herb noch zu Hause war, hatte er Oliver morgens in den Kindergarten gebracht und nachmittags auch wieder abgeholt. Er hatte ja wirklich nichts Besseres zu tun gehabt.

Inzwischen tat es eine Mrs. Mendez. Sie war mit ihren Eltern Anfang der fünfziger Jahre eingewandert, und ihre Hoffnung auf ein besseres Leben in Amerika war wohl schon lange erloschen.

Sie brachte beinahe jedes anderthalbe Jahr ein Kind zur Welt; »aber«, so sagte sie mit einem traurigen Lächeln, »das hält meinen José wenigstens bei der Stange, ich meine, er weiß, daß er es sich nicht leisten kann, seinen Job zu verlieren.« Und sie war dankbar für die fünf Dollar in der Woche, die Dagmar ihr geben konnte, damit sie Oliver mit ihren eigenen Kindern sicher in den Kindergarten und wieder zurückbrachte.

Aber Oliver wurde immer stiller und stiller und stotterte mit einemmal.

Dagmar dachte darüber nach, ob es nicht besser wäre, ihn zu ihren Eltern nach Frankfurt zu schicken. Aber als sie zu Oliver sagte: »Wie würde es dir gefallen, mit einem großen Flugzeug übers weite Meer zu fliegen und deine Oma und deinen Opa kennenzulernen?« da starrte er sie verständnislos an. Und dann sagte er etwas, das für einen kleinen Jungen einfach zu heftig und zu erwachsen war: »Willst du mich loswerden, Mum?«

»Was sagst du da?«

Er saß auf der alten Couch, die Knie bis unters Kinn gezogen. Sie hockte sich vor ihn, aber seine Augen waren so fremd, daß sie nicht wagte, ihn anzurühren.

»Wie kommst du darauf?« fragte sie. »Was soll das heißen?«

»Grandma hat gesagt, du bist Dad losgeworden, und recht war das! Alle Männer taugen nichts. Aber ich bin noch kein Mann. Ich bin noch ein kleiner Junge. Ich wachse überhaupt nicht mehr.« Er brach plötzlich in Tränen aus, senkte die Stirn auf die Knie und wollte sie es nicht sehen lassen.

»Oliver«, sagte sie, »dein Daddy war sehr krank, jetzt ist er in einem guten Sanatorium, und dort wird er wieder ganz gesund, und dann kommt er zu uns zurück. Ich habe ihn nicht weggeschickt.«

»Doch hast du. Grandma sagt –«

»Wann hast du sie überhaupt gesehen?«

Er schwieg.

»Bitte, Oliver.«

»Ich war bei ihr.«

»Du allein? In der Bronx? Aber wie bist du denn dahingekommen?«

»In Er-Ernies Wa-Wagen.«

»Mit Ernie?«

»Er hat mich gefragt, wie es Daddy geht und dir und Grandma. Und da habe ich ihm gesagt, ich w-war so l-lange nicht mehr bei ihr, i-ich w-weiß es nicht. Und er hat m-mich hingefahren und er hat G-Grandma eine Schachtel Schokolade geschenkt, und die schmeckte wie richtige Schokolade. Und G-Grandma hat sich gefreut. Sie hat sogar Ernie was zu trinken gegeben und mir eine Cola. Und wenn es ihr besser geht, will sie dich besuchen. Sie humpelt. Ernie sagt, sie hat sich den Fuß verk-knackst.«

»Du bist ja schon ein großer kleiner Mann«, sagte Dagmar, »so einen weiten Ausflug hast du gemacht!«

»Na ja, es war ganz nett.«

Später, als sie Oliver schlafend wußte, rief sie bei Ernie an und erreichte ihn auch zu Hause.

»Ernie«, sagte sie, »Sie entwickeln sich ja langsam

zu einem Mitglied der Heilsarmee. Oliver hat mir alles erzählt.«

»Na ja, er strolchte draußen ein bißchen herum, und es war kalt, und er tat mir leid, und da hab' ich mir gedacht, ich nehme mich ein bißchen seiner an.«

»Wollte er denn zu seiner Großmutter?«

»Na ja, zuerst natürlich nicht, dann aber, ich glaube, der Kleine kann schon so was wie ein schlechtes Gewissen haben; er sagte: ›Seid Dad weg ist, war ich nie mehr bei Grandma. Bestimmt ist sie jetzt fürchterlich böse auf uns.‹ Und da er die Adresse kannte und ich Zeit hatte, fuhr ich eben mit ihm hin. Dachte, könnte ja auch nichts schaden, die alte Dame einmal kennenzulernen. Ich meine, Sie haben soviel um die Ohren mit Herb und so, da hätte sie ja vielleicht aushelfen können. Mal auf Oliver aufpassen. Aber da halten Sie sich doch lieber an Mrs. Mendez. Ich glaube, die ist verläßlicher. Auch, wenn es Sie fünf Dollar in der Woche kostet.«

»Das wissen Sie auch?« Dagmar mußte lachen.

»Wer weiß von wem in diesem verdammten Viertel nicht alles?«

»Ja, da haben Sie recht, Ernie. Danke auch für Olivers Ausflug. Ich – ich würde Ihnen gern eine kleine Freude machen. Vielleicht – hätten Sie nicht Lust, mal mit ihrer Frau zum Abendessen zu kommen? Irgendwann müssen Sie doch mal einen freien Abend haben, oder nicht?«

»Das wäre zu schön«, sagte Ernie. »Aber die Missus, die würde sich freuen. Ich lasse sie sowieso zuviel allein.«

»Also, dann bringen Sie doch wenigstens Ihre Frau zu mir an einem Abend, und Sie bleiben, wenn es nicht anders geht, nur auf einen Drink. Wir Mädchen werden schon was finden, was wir uns erzählen können.«

Und so brachte Ernie eines Abends seine Missus zu Dagmar; sie war eine Frau, die sich längst damit abgefunden hatte, im Grunde nur den Schatten eines Mannes geheiratet zu haben, der nachts in ihr Bett kroch und es morgens wieder verließ, ehe sie richtig erwacht war. Sie war noch immer eine hübsche Frau, wenn auch auf eine etwas teigige, aufgeschwemmte Art.

»Ich kann halt nicht widerstehen«, sagte sie, während sie, ihre Gier nur halbwegs zügelnd, den Schinkenauflauf verschlang und auch dem Rotwein kräftig zusprach.

»Aber das hier ist verdammt besser, als wenn ich allein vor dem Fernseher sitze und die verdammten Erdnüsse in mich hineinschlinge und das verdammte Cocktailzeugs, das allemal wie Pappe schmeckt, ob es nun hier oder in Italien oder in Japan hergestellt ist.«

Sie war eine Frau, die verzweifelt versuchte, mit ihrer Verbitterung im allgemeinen und im besonderen selbst fertig zu werden. »Aber weißt du, Daggy, es ist schon verdammt schlimm, wenn man einen

Sohn großgezogen hat und der sitzt jetzt ewig in seinem dunklen Zimmer, denn es lohnt sich ja nicht mehr, Licht anzumachen. Wie ein Maulwurf, sage ich dir. Und lernt Braille. Und Ernie und ich müssen ihn immer wieder ermuntern, daß er trotz allem einmal ein großer Anwalt wird. Verdammte Politik, verdammter Krieg!« Sie unterdrückte mit Mühe ein Rülpsen hinter ihrer kleinen Patschhand. »Aber ich glaube, ich müßte jetzt einen Kaffee trinken, wenn es dir nichts ausmacht, denn Ernie mag es nicht, wenn ich zu tief ins Glas schaue. Er versteht es zwar, es ist halt die ewige Warterei auf ihn und auch darauf, daß unser Maulwurf mal aus seinem Zimmer kommt, nachdem ich fünf- oder sechsmal zum Essen gerufen habe.«

Und dann kam Ernie, um sie abzuholen, und Milly strahlte ihn an und sagte: »Das war mal eine gute Idee von dir, Ernie-Schatz. Daggy und ich haben uns großartig unterhalten, nicht wahr, Liebe?« Und sie gab Dagmar einen festen Kuß auf die Wange. »Auf bald, meine Liebe.«

Aber sie kam nie wieder, und als Dagmar Ernie nur wenige Wochen später sah, wagte sie nicht, nach Milly zu fragen.

»Milly ist tot«, sagte er. »Direkt in ein Auto reingelaufen. Sie hatte es ja immer eilig, weil sie den Maulw-«, er schluckte, »ich meine, unseren Sohn nie lange allein lassen wollte.«

»Es tut mir leid«, sagte Dagmar, »wirklich, Ernie.«

Er nickte und sagte: »Grüßen Sie Oliver, und Herb, wenn Sie ihn sehen.«

Aber Herb wollte nur Oliver sehen, und Mrs. Mendez brachte ihn dorthin, nach Flowercountry, wie das Sanatorium in New Jersey hieß. Und das kostete noch mal fünf Dollar im Monat mehr, was Dagmar veranlaßte, das Rauchen ganz aufzugeben und für Bekannte, wenn überhaupt welche kamen, nur noch Chianti im Kühlschrank zu bewahren, den sie in Fünfliterflaschen billig bei Felice um die Ecke kaufen konnte.

Als Dagmar vierzehn Tage Ferien bekam, verbrachte sie diese mit Oliver bei Herbs Vater in dem winzigen Ort in New Jersey, gar nicht mal so weit von Flowercountry entfernt.

Das Wetter war klar; es war Herbst, die Wälder hüllten sich in ihre prachtvollen Farben.

In einer ruhigen Stunde nach dem Abendessen sagte sie dem alten Johnson, wo Herb war. Tränen traten ihm in die Augen, und er sagte: »Da hab' ich nun zwei Söhne gehabt, und was ist davon übrig geblieben?«

»Herb wird wieder gesund«, sagte Dagmar, »ich verspreche es dir.«

»Aber wie willst du das, allein auf dich gestellt, schaffen? Warum bleibst du nicht hier? Ich könnte wenigstens für euch sorgen, wenn auch nicht für ihn. So ein Sanatorium ist doch verdammt teuer.«

»Versteh mich, Dad, aber ich möchte nicht auch

noch meinen Job verlieren. Und ich muß dasein, wenn Herb nach New York zurückkommt.« Den Kredit, den sie für Herbs Unterhalt in der Klinik aufgenommen hatte, verschwieg sie wohlweislich. Sie bezahlte ja regelmäßig daran ab. Sie wollte den alten Mann nicht auch noch damit belasten.

»Hier habt ihr immer ein Zuhause«, sagte er zum Abschied, als er sie zum Bus brachte, der sie mit einigem Umsteigen zurück nach New York bringen würde. Und seine Frau, sehr schweigsam, gab ihr einen großen Korb voll Eingemachtem mit und Geräuchertem und sandte danach regelmäßig im Monat ein großes Paket; Pullover, Mütze und Schal und Handschuhe für Oliver, für Dagmar einen warmen Pullover und ein dünnes seidenes Nachthemd, mit dem Dagmar nun wirklich in diesen Monaten nichts anzufangen wußte. Aber dazu auch immer wieder Würste und kleine luftgeräucherte Schinken und Trockenobst und selbstgebackenen Kuchen. Immer lag nur ein kleiner Zettel dabei: ›Wir denken an dich.‹ ›Wir haben euch lieb.‹ Oder: ›Bitte halte durch.‹ Und dazu war Dagmar fest entschlossen, trotz der einsamen Nächte. Und trotz der spärlichen Berichte, die sie über Herbs Fortschritte erreichten.

Meist bekam sie diese von Dr. Whyler. Er trank gern ein Glas Chianti bei ihr oder eine Tasse Kaffee.

»Es geht langsam voran, aber es geht voran, Dagmar. Und wenn ich helfen kann...«

»Sie haben schon genug geholfen.«

»Aber ich werde doch in Flowercountry bitten,

daß man Ihnen regelmäßig einen Bericht über Herb zukommen läßt. Das hätte ich schon längst tun sollen!«

Manchmal schaute auch Ernie herein; er trank meist nur eine Tasse Kaffee. Er spielte ein bißchen mit Oliver, brachte ihm bei, wie man Puzzle legt, was Oliver prompt zu seiner Passion erhob.

Und Ernies Abschied lautet immer: »Kopf hoch, Mädchen, es wird schon werden.«

Aber er selbst sprach nie mehr, nie mehr von seiner Frau und nie mehr, nie mehr von seinem Sohn, der einmal so eifrig und hoffnungsvoll, von seinen Eltern unterstützt, Braille gelernt hatte.

Aber Dagmars gleichaltrige Freunde aus dem Airport hielten sich nach einer Weile von ihr fern.

Ihre Traurigkeit, die sie zwar zu verbergen suchte, wurden die anderen doch gewahr, und sie fürchteten sie wie eine ansteckende Krankheit.

Einsamkeit und Traurigkeit waren Krankheiten, die man viel besser und einfacher bei lärmenden Partys in Martinis und anderen Getränken dieser Art verlor, bis nur noch die kleine saure Zwiebel oder die salzige Olive übrigblieb, am Grunde des Glases, das sich so leicht füllen ließ.

13

Dr. Whyler empfing Johannes und Christine in jenem in beruhigenden Grüntönen gehaltenen Raum mit der indirekten Beleuchtung, in den kein Laut des lauten New York drang, dafür erklang ganz leise eine Sonate von Mozart, den Whyler zu seinen Lieblingskomponisten zählte.

Er mochte das deutsche Ehepaar auf Anhieb und hielt daher auch nicht mit seiner ihm angeborenen Freundlichkeit und Liebenswürdigkeit zurück.

Er hatte die Unterlagen, die Johannes ihm geschickt hatte, aufmerksam studiert.

Er begriff Christines sehnlichen Wunsch nach einem Kind von Johannes, auch wenn sie nicht selbst die Mutter sein konnte.

Er zeigte sich ebenso angetan davon, daß beide darüber hinaus entschlossen waren, eines jener Waisenkinder, die Martinus im fernen Afrika betreute, zu adoptieren.

Über medizinische Details sprach er nicht, reichte Johannes lediglich einen verschlossenen braunen Umschlag, in dem er alle notwendigen Erklärungen finden würde – und wenn er es wünschte, mit seiner Frau besprechen konnte.

Es würde unter allen Umständen jede Diskretion gewahrt bleiben, niemals sollte die Pflegemutter –

Whyler vermied das Wort Leihmutter – ihre wahren Namen erfahren, noch, woher sie kamen.

Sie würden einander einmal treffen – und dann nie wieder.

Und sie würden einander unter angenommenen Namen begegnen.

»Ich will Ihnen gestehen«, sagte er, »beim ersten Anblick von Ihnen, Mrs. Vervier, habe ich sofort an eine Patientin von mir gedacht, die mir wegen ihres Mutes, ihrer Entschlossenheit und ihrer unerschütterlichen Liebe zu ihrem Mann besonders ans Herz gewachsen ist. Sie ist Mutter eines dreijährigen gesunden, aufgeweckten und sehr liebenswerten Jungen. Bestimmte Umstände haben jedoch dazu geführt, daß sich ihr Mann einer langwierigen, doch, wie wir alle hoffen, zum Erfolg führenden Therapie unterziehen muß. In diesem speziellen Falle bedeutet es, daß diese Frau sich dazu entschlossen hat, ihren Mann nicht einer staatlichen Institution anzuvertrauen; er wird in einem Sanatorium behandelt, das privat von einem Mann geleitet wird, der nur für seine Kranken lebt. Aber dieses Heim ist auf Spenden angewiesen, die leider nur sehr spärlich fließen, und auf Patienten, für die deren Angehörige aufkommen können. Jene junge Frau besaß nicht eigene Mittel genug, und fremde Hilfe – auch nicht die ihrer Familie – wollte sie nicht annehmen. Nun, sie hat statt dessen einen Kredit aufgenommen. Wenn es in ihrer Möglichkeit steht, wäre ich Ihnen persönlich dankbar, wenn Sie diesen Kredit teilweise ablösen könnten, falls diese junge Frau zu einer Zusammenarbeit mit uns bereit ist.«

»Darf ich annehmen, daß es sich bei dem Ehemann um einen Vietnam-Veteranen handelt?« fragte Johannes.

»Ja«, sagte Dr. Whyler knapp.

»Dann ist es selbstverständlich, daß ich – daß wir die finanzielle Seite übernehmen, nicht wahr, Christine?«

Sie nickte und sah Johannes mit diesem tiefen, dankbaren Leuchten in ihren Augen an, das ihn so oft verlegen machte, ja beschämte. Sie hatte ihm doch ein ganzes Jahr erfüllten Lebens geschenkt, so viel, so viel mehr, als er sich jemals erhofft hatte.

»Es ist gut zu sehen, daß Menschen wie Sie sich lieben«, sagte Jonathan Whyler zum Abschied, und er lächelte auf eine ferne, traurige Weise.

In ihrem Hotel ließen sich Christine und Johannes nur ein leichtes kleines Souper aufs Zimmer bringen, und dann lasen sie gemeinsam die medizinischen Unterlagen, die Dr. Whyler ihnen mitgegeben hatte.

Abgesehen von den klinischen Einzelheiten betonte er ausführlich, daß es bei der geplanten medizinischen Entscheidung besonders darauf ankomme, einen in jeder Weise geeigneten Partner zu finden. Und auch, daß man diesen Partner zwar einmal treffen würde, dann jedoch nie wieder. In ihrem speziellen Fall schlug er vor, daß Johannes sich James nennen solle, Christine Jane und die Pflegemutter Mary.

Zwei Tage später erhielt Dagmar Johnson einen Anruf Whylers; der Arzt bat sie ruhig und besonnen, wie es seine Art war, ihn aufzusuchen. Sie fuhr noch am selben Abend nach ihrem Dienst bei der Lufthansa zu ihm.

Seine erste Frage war: »Wie geht es Herb?«

»Er macht Fortschritte. Er nimmt keine Drogen mehr, er trinkt keinen Alkohol mehr, obwohl es dort in Flowercountry zur Therapie gehört, die Patienten zuerst tun zu lassen, was sie wollen. Er liest sehr viel, er nimmt an Sprachkursen teil, und er ist auch sportlich aktiv. Das einzige«, sie senkte den Kopf, »er weigert sich immer noch strikt, mich zu sehen. Und das eine Mal im Monat, wenn Oliver zu ihm darf, ist für den Jungen einfach nicht genug. Und das nach all den Monaten; es ist doch schon beinahe ein Jahr, daß er in Flowercountry ist.«

»Natürlich tut das weh«, sagte Dr. Whyler, »aber es ist eine Phase seines Heilungsprozesses. Er will und muß zuerst sich selbst wiederfinden, ehe er Ihnen wieder gegenübertreten kann.«

»Ich verstehe es ja auch, aber für Oliver ist es schwer. Er glaubt jetzt, daß sein Vater nicht mehr zurückkehrt. Die anderen Kinder im Kindergarten quälen ihn damit. Na ja, da sind ja viele dran gewöhnt, daß ihre Mütter oder Väter ganz einfach verschwinden. Ich wünschte, ich könnte ihn da rausnehmen. Wenn ich den Kredit abbezahlt habe, dann –.«

»Was würden Sie sagen, wenn das von heute auf morgen geschehen könnte, Dagmar?«

Sie blickte auf, er lächelte sie an. »Ja, ich meine, was ich sage. Sehen Sie, Sie sind eine gesunde Frau, nicht wahr?«

»Was hat das mit meinen anderen Problemen zu tun?«

»Sie sind auch eine mutige junge Frau.«

»Ach, ich weiß nicht.«

»Aber ich weiß es. Ich kenne Sie lange genug.« Er beugte sich vor, das schmale, ein wenig blasse Gelehrtengesicht besaß plötzlich blitzende blaue Augen. »Es gibt einen Weg. Und Sie können damit sogar zwei Menschen, zwei fremde Menschen, die Ihnen auch fremd bleiben werden, überaus glücklich machen.«

»Ich?« fragte sie verwundert.

»Sie wissen, daß ich mich mit bestimmten Forschungen beschäftige und sie auch in die Tat umsetze. – Dagmar, ich will nicht lange erklären, sondern Sie ganz einfach fragen: Würden Sie, um Ihrem Mann zu helfen, um aus Ihren finanziellen Schwierigkeiten herauszukommen und wieder eine anständige Wohnung zu finden, Oliver wieder in einen guten Kindergarten schicken zu können – würden Sie diesen beiden Menschen, einem Ehepaar, ein Kind schenken?«

Sie richtete sich starr auf, ihre Hände umkrampften die Armlehnen des Sessels.

»Doktor Whyler, Sie – Sie glauben, ich könnte mit einem anderen Mann schlafen? Sie glauben, ich könnte –«

»Nein, Dagmar, das verlangt niemand von Ihnen. Sie würden nur das Kind für diese Frau, die selbst keine Kinder bekommen kann, austragen. Die Empfängnis wäre nichts weiter als ein kleiner Eingriff. Eine künstliche Besamung. Und Sie würden das Kind abgeben, sobald es geboren ist.«

Sie schloß die Augen. »Aber, wenn es in mir wächst, ein Kind, auch wenn es nur irgendein Kind ist, nicht von Herb, ich würde es doch lieben.«

»Sie würden es lieben, ja, aber Sie würden es dennoch abgeben, an eine Frau, die es ebenso lieben wird.«

»Aber ich verstehe nicht. Wie kann ich Herb, wie kann ich Oliver damit helfen?«

»Herb – ich habe meine Erkundigungen eingezogen, wird noch viele Monate, ja noch ein Jahr in ärztlicher Betreuung verbleiben müssen. Und der Weg, zu dem Sie sich entschlossen haben, kostet viel Geld, nicht wahr? Sie haben die Hilfe Ihrer Eltern nicht annehmen wollen, auch die meine nicht. Ich verstehe Ihre Gründe. Sie wollen Ihre Ehe aus sich selbst heraus erhalten und retten. Aber bedenken Sie eines, daß Ihr Mann, selbst wenn er geheilt ist, sobald er in seine gewohnte alte Umgebung zurückkehrt, rückfällig werden kann. Nicht muß. Aber kann. Wir Mediziner erleben das immer wieder mit Alkohol- oder Drogenabhängigen und können leider viel zuwenig dagegen tun. Aber Sie, Dagmar, Sie können jetzt etwas dagegen tun. Sie können ein sehr großzügiges Angebot annehmen, das es Ihnen ermöglicht, Herbs

Behandlung weiterhin, und sogar ohne Sorgen, zu finanzieren, und das es Ihnen gleichzeitig ermöglicht, mit Oliver in eine Umgebung zu ziehen, die Ihnen angemessen ist. Darüber hinaus helfen Sie einem Ehepaar, das sich sehnlichst ein Kind wünscht.«

Sie legte die Hände auf ihre Wangen; sah ihn mit weiten grauen Augen an.

»Ich würde helfen, und mir würde geholfen werden – uns, Herb und Oliver und mir?« fragte sie.

»Ja, Dagmar.«

»Ich habe immer Vertrauen zu Ihnen gehabt.«

»Glauben Sie, ich brächte es fertig, das zu enttäuschen?«

Sie schüttelte stumm den Kopf.

»Es klingt nüchtern und kalt, was ich jetzt sage«, er zögerte, und eine leichte Röte überzog sein Gesicht, »aber Sie würden hunderttausend Dollar erhalten.«

Sie schüttelte verwirrt den Kopf.

»Aber ich würde Herb doch betrügen?«

»Nein, Dagmar, das würden Sie nicht. Das werden Sie niemals tun.«

Dagmar lag lange wach in dieser Nacht. Hin und wieder stand sie auf und ging ins Wohnzimmer, leise, denn seit Herb fort war, schlief Oliver neben ihr in dem breiten Bett.

Im Wohnzimmer trank sie einen Schluck Selters,

dann rauchte sie eine Zigarette. Alles ganz unge-
wohnt.

Sie ging auf nackten Füßen hin und her, hin und
her, unwillkürlich lauschte sie auf die Geräusche des
Hauses. Die Spanier in der ersten Etage stritten sich
schon wieder, das Klatschen von Schlägen war zu
hören. Von weiter oben dröhnte unablässig Rock-
musik herab; seit kurzem hatte sich eine sogenannte
Wohngemeinschaft da eingenistet – nur wechselten
ihre Mitglieder ständig, und einmal wurde eines der
Mitglieder von Polizisten in Zivil abgeholt und kam
nie wieder.

Oliver fand die Typen ›Klasse‹ und entwischte ihr
immer wieder nach oben. Sie waren wohl lieb zu
dem Jungen, na gut. Aber Christine war nicht sicher,
ob das richtig war. Richtig war gewiß nicht, daß sie
Oliver sich selbst überlassen mußte, wenn er aus
dem Kindergarten kam. Stundenlang war er allein.
Er trug den Schlüssel zu der kleinen Wohnung um
den Hals, und er wußte, daß er den Gasherd nicht
anmachen durfte und überhaupt kein Streichholz
anzünden. Aber sie fand, das alles war eigentlich zuviel verlangt von einem Jungen von drei Jahren.

Und jetzt bestand die Aussicht, das alles zu ändern.

Eine bessere, eine anständige Wohnung zu suchen. Für Oliver jemanden zu finden, der sich um
ihn kümmerte, während sie arbeitete. Ja, und vor allem Herbs Behandlung so lange fortsetzen zu können, wie es notwendig war.

Dagmar liebte ihn; seine schrecklichen Ausbrüche, in denen er sie schlug, für das, was andere, was der Vietnamkrieg ihm angetan hatte, verdrängte und vergaß sie, sah ihn wieder als den ernsthaften jungen Mann, als den sie ihn damals in Frankfurt kennengelernt hatte. Den Mann, dessen oft traurige Augen um Verständnis baten. Nicht um Mitleid, aber um Verständnis.

Vielleicht wäre alles anders gekommen, wenn wir in Frankfurt geblieben wären; unser Haus war groß genug, meine Eltern mochten ihn. Vielleicht, vielleicht wäre uns vieles erspart geblieben: seine Qual und sein Zorn und sein vergebliches Aufbegehren gegen Erfahrungen, die er im Krieg gemacht hatte und auch zu Hause, in New York, machen mußte.

Sie dachte an den Sonntag, ihren ersten Sonntag in New York, als er – in Uniform, die linke Brust mit seinen Orden geschmückt – sie ausgeführt hatte, um ihr die Fifth Avenue zu zeigen.

Und wie er angerempelt wurde, und eine Frau, oh, sie erinnerte sich noch genau an das geschminkte fleischige Gesicht, ihn angespuckt hatte. Und sie hatte es ihm aus dem Gesicht gewischt. Wie er dastand, wie erstarrt und mit erloschenen Augen.

»Niemand hat uns wirklich je gesagt, wofür wir da gekämpft haben«, sagte er, »niemand. Aber sie haben uns doch dahin geschickt. Und mein Bruder, mein Bruder –« Und dann hatte er einfach geweint, mitten auf der sonnenhellen Fifth Avenue. »Verkohlte Knochen. Ich hab' ihn rausgefolgen. Und seine Frau war längst mit einem anderen zusammen.« Dagmar hatte Herb in einen Hauseingang gezogen und ihn gestreichelt und geküßt, und schließlich war er so ruhig geworden, daß sie in ein kleines italienisches Restaurant gehen konnten, das Tag und Nacht geöffnet war. Und Gino hatte ihnen Wein und Käse gebracht und knuspriges Brot und Kaffee, soviel sie wollten, und sich schließlich geweigert, auch nur einen Cent anzunehmen, als sie zahlen wollten. »Wir sind alle Kinder eines unerforschlichen Gottes«, hatte er gesagt, »aber wir sind seine Kinder. Und geht in Frieden.« All das war vier Jahre her, aber vielleicht konnten sie den Sinn und den Frieden jenes späten Nachmittags bei Gino noch einmal zurückgewinnen?

Mutig, hatte Dr. Whyler sie genannt. Und mutig wollte sie sein. Und ein Kind austragen war etwas Gutes, wem auch immer später dieses Kind gehören würde.

Sie vertraute Dr. Whyler, und sie wußte, er würde ihr nichts Böses antun.

Schließlich ging sie wieder zu Bett, nahm Oliver in ihre Arme, sehr vorsichtig, um ihn nicht zu wecken. Und dachte: Ich tue es für euch. Für dich und Herb. Ja, und auch für mich.

Die beiden Frauen glichen einander, als seien sie Schwestern.

Sie umarmten sich wortlos.

Sie schauten sich an.

Dr. Whyler sagte: »Ich glaube, Mary, du hast die richtige Wahl getroffen. Und ich glaube, Jane, Sie auch.«

Johannes Vervier sah er ein wenig länger und ein wenig nachdenklicher an, aber schließlich sagte er: »Auch Sie haben Mut, Sir, den ich bewundere.«

Und so wurde beschlossen, daß Dagmar Johnson, nun Mary genannt, das Kind austragen solle, wenn sie nach dem Eingriff schwanger würde, und daß das Kind dann Christine und Johannes Vervier gehören sollte.

Dagmar Johnson wurde schwanger. Die Wochen und Monate, die folgten, ließen hoffen, daß die zweite Schwangerschaft und Geburt ebenso leicht verlaufen würden wie die erste.

Oliver bemerkte, daß sie zunahm, daß ihr Leib sich vorwölbte.

Eines Tages stürmte er auf sie zu und hämmerte mit seinen Fäusten auf ihren Bauch und schrie: »Daddy ist nicht da. Daddy ist nicht da. Aber du kriegst ein Kind!«

Sie stand erstarrt und spürte seine Schläge und wußte nichts zu antworten.

Dann gaben ihre Beine nach, und sie kniete auf dem Boden, und Oliver kam schluchzend in ihre Arme.

»Ich tue es für Daddy und für dich«, flüsterte sie, immer wieder, immer wieder, bis der Junge aufhörte zu weinen. Und dann, obwohl sie gar nicht wußte, ob er es verstand, sagte sie ihm, wozu sie sich bereit erklärt hatte.

Oliver lauschte allem und sagte kein einziges Wort.

Sie gaben die Wohnung in Greenwich Village auf und fanden eine andere, wieder am Central Park South, die auf einer fünften Etage gelegen war und hell und freundlich, mit einem Zimmer mehr, ganz für Oliver allein.

Er durfte nun zweimal im Monat seinen Vater im Sanatorium Flowercountry besuchen, Dagmar aber wollte Herb immer noch nicht sehen.

Als Oliver von seinem letzten Besuch zurückkam, sagte er: »Mum, er ist wieder mein Daddy. Er hört mir wieder zu, und er hat mir herrliche Geschichten erzählt.«

Alles wäre gut gewesen in diesen Wochen, wäre nicht die Zeit nähergekommen, in der Dagmar das Kind auf die Welt bringen sollte, das ihrem Sohn ermöglichte, nun in einen ordentlichen Kindergarten zu gehen, und ihrem Mann, in Flowercountry gesund zu werden.

Die letzten gynäkologischen Untersuchungen hatten ergeben, daß Dagmar dieses zweite Kind, das Zauberkind, wie sie es nannte, nur mit einem Kaiserschnitt zur Welt bringen konnte.

14.

Wann immer der Tag kam, an dem Oliver seinen Vater besuchte, sah Herbert ihm nun mit Freude und Erwartung entgegen.

An diesem Tag rasierte er sich besonders sorgfältig und achtete darauf, daß sein Haar gut geschnitten war. Auch zog er immer eines seiner guten Hemden an, und seine Schuhe waren besonders blank geputzt.

Er war sich nicht sicher, ob ein so kleiner Junge wie Oliver das überhaupt bemerkte, aber Herb war fest entschlossen, auf seinen Sohn einen guten Eindruck und ihn die alten schlimmen Erinnerungen an ihn, die vielleicht nur unbewußt in dem Kind schlummerten, vergessen zu machen.

Abgesehen von seinen Sprachstudien und seiner zunehmenden sportlichen Betätigung, hatte er die Bibliothek des Sanatoriums sozusagen als Archivar übernommen. Er beriet die übrigen Kranken in der Auswahl ihres Lesestoffes, achtete sorgfältig darauf, daß die Bücher auch zurückgebracht wurden, und legte anhand von Katalogen, die er sich von verschiedenen Verlagen aus New York kommen ließ, Wunschlisten an, was die Bibliothek an Neuerscheinungen gebrauchen könnte. Diese Listen wurden einer Gruppe von Leuten vorgelegt, die sich ›Freunde von ›Flowercountry‹ nannten. Sie wollten anonym bleiben, unterstützten das private Sanatorium aber mit Spenden und beschlossen, daß Herbert für seine Arbeit in der Bibliothek ein Gehalt bekommen solle.

Es war natürlich kein großes Gehalt, aber es war das erste, das er seit rund drei Jahren verdiente. Davon konnte er sich von Black Joe, wie sie allgemein den Hausmeister wegen seiner pechschwarzen Haare und pechschwarzen Augen nannten, Zeitschriften besorgen lassen und – was das Wichtigste war – für die Besuche von Oliver kleine Geschenke.

Diese Geschenke wurden immer genauestens bedacht und beraten, und es half, daß Black Joe einen Sohn im gleichen Alter wie Herb hatte.

»Alles kriegt er von mir«, sagte Black Joe, »bloß kein Kriegsspielzeug.«

Und da stimmte ihm Herb vehement zu.

Also bekam Oliver mal eine kleine Kutsche mit einem Schimmel davor, wie sie die Touristen und Ausflügler durch den Central Park fahren; er bekam weiche Knuddelfiguren aus der Sesamstraße, er bekam einen kleinen Bär, der ihn am meisten begeisterte und den er sofort Black Joe taufte.

Der Junge war klug und aufgeweckt für sein Alter, und Herb ertappte sich dabei, daß er ihm Geschichten erzählte, die er sich lange Stunden vorher ausdachte. Es waren Geschichten von glücklichen Kindern mit glücklichen Eltern, und sie lebten immer in einem großen weißen Haus mit einem großen Rasen davor und vielen Bäumen drumherum und einem

Teich oder mindestens einem kleinen Bach und einer Unmenge von Tieren.

Oliver lauschte immer gespannt, und eines Tages sagte er: »Wenn du wieder gesund bist, Daddy, dann kriegen wir so ein Haus, nicht wahr? Mummy sagt, wenn du wieder gesund bist, bist du nämlich der beste Mann auf der ganzen Welt.«

»So, sagt sie das?« Herb schluckte.

»Na klar doch. Deswegen sagt sie ja auch, ich soll ruhig den anderen im Kindergarten eins über die Nase geben, wenn sie sagen, ich hätte überhaupt keinen Dad.«

»Na, daß du den hast«, sagte Herb, »das weißt du ja«, und drückte fest Olivers Hand.

Und er hatte mit einemmal ein unsägliches Verlangen nach Dagmar, aber er wußte, er durfte sie erst wiedersehen, wenn er ganz gesund war.

Denn noch gab es dunkle Stunden, und noch gab es schlimme Anfälle, auch wenn sie von Mal zu Mal weniger schlimm wurden und – kürzer.

Und alles sei jetzt wirklich nur noch eine Frage der Geduld, hatte ihm der Chefarzt gesagt. »Und dann brauchen Sie nur noch eine neue und anständige Umgebung mit Ihrer Familie, in die Sie ja auch hineingehören. Aber das kommt dann alles von selbst.«

Nur eines fiel Herb auf, und das machte ihm Sorgen. Mit einemmal stotterte Oliver, und er schien auch keine großen Fortschritte mehr in seinem Sprachschatz zu machen. Seine Freude über Herbs Geschenke schien gedämpfter, und auch seine Aufmerksamkeit, wenn er ihm Geschichten erzählte und mit ihm spazierenging und ihn zu einem Eis in der Cafeteria einlud, schien gedämpfter.

»Oliver«, sagte er bei einem der Besuche des Jungen endlich, »ist was mit dir?«

»Was soll mit mir sein, Dad?«

»Na, ich meine, auch ein Junge wie du kann seinen Kummer haben. War jemand böse zu dir? Gemein?«

»Nein. Dad. N-nein, D-Dad.«

Aber Herb sah genau, daß das Gesicht des Jungen eine gewisse verschlossene Strenge annahm.

»Na, dann ist es ja gut«, sagte er versöhnlich.

»Sicher, D-Dad, a-alles i-ist g-gut.«

»Na, um so besser«, sagte Herb leichthin und ließ es dabei bewenden.

Aber Herb machte sich Sorgen, und bei der nächsten Gelegenheit sprach er mit dem Arzt darüber.

»Ich glaube, ich bin soweit, ich könnte doch wenigstens mal meiner Frau und dem Kind zu Hause einen Besuch abstatten. Wenn Sie Angst haben, daß ich etwa nicht freiwillig zurückkomme, sondern in irgendeiner finsteren Kneipe lande, könnten Sie mir ja Black Joe als Bewachung mitgeben.«

»Herb«, sagte der Arzt, »ihre völlige Wiederherstellung ist noch nicht ganz abgeschlossen. Ein kleiner, ja nur ein winziger Schock könnte Sie um Wochen zurückwerfen. Das wollen Sie doch sicher nicht?«

»Nein, natürlich nicht, Doktor.«

»Und was Ihre Familie angeht, da ist nun wirklich alles in bester Ordnung. Wir halten uns da nämlich auf dem laufenden.«

»Aber mein Sohn hat angefangen zu stottern.«

»Das gibt es manchmal bei Kindern, die mit ihrer überwachen Intelligenz noch nicht Schritt halten können. Und ihr Oliver ist ein verdammt kluger Bursche.«

»Er kann schon seinen Namen schreiben. Und schon ein paar Worte lesen«, sagte Herb stolz.

»Na, sehen Sie. Also machen Sie sich keine Sorgen um Ihre Familie. Werden Sie erst einmal richtig gesund. Dann findet sich alles von selbst.«

Und damit mußte sich Herb zufriedengeben.

In seinen Träumen sah er sich gesund und kräftig mit seinem Sohn durch herrliche Wälder streifen und zu einem Haus zurückkehren, das blendendweiß gestrichen war und aus all dessen Fenstern Licht auf den Rasen fiel. Und er sah sich an einem Grill stehen im Sommer auf dem Rasen und um sich herum hübsche Frauen und gescheite Männer, und sie alle lachten und hatten Spaß miteinander. Nur etwas war seltsam an diesen Träumen, niemals sah er Dagmar darin.

Auch von diesen Träumen erzählte er dem Arzt, und der sagte: »Da ist gar nichts Seltsames dran, Herb. Sie haben inzwischen eingesehen, daß Sie gegenüber Ihrer Frau versagt haben. Und davon ist noch ein bißchen Schuldbewußtsein zurückgeblieben, nicht wahr? Aber auch das wird sich geben, und dann findet sich alles andere von selbst.«

Und Herb bemühte sich, ganz fest daran zu glauben.

15

In Aachen, im Haus am Preußweg, hatten Christine und Johannes rund zehn Wochen verstreichen lassen, ehe sie Helene und Stuart sagten, daß Christine ein Kind erwartete.

Die Freude war groß, und Peter und Paul, die ohnehin schon mit Ungeduld das Adoptivkind aus Afrika erwarteten, meinten unisono: »Beeil dich bloß, Tante Christine, daß dein Baby dann auch schon kommt!«

Aber in einer der Nächte, die folgten, legte Helene ihr Buch zur Seite, in dem Sie schon seit einer Weile nur noch geblättert hatte; sie zog ihr Kopfkissen hoch und stopfte es sich in den Nacken.

»Stu?«

»Ja, Liebes?« Es kam gemurmelt, denn er war in die ›Sunday Times‹ vertieft, die er sich regelmäßig aus London kommen ließ; es war, wenn man so wollte, sein einziges Bindeglied zu seiner früheren Heimat, die er wegen der dort herrschenden Arbeitslosigkeit, aber auch wegen Helene für immer aufgegeben hatte. Er besaß noch Verwandte in Norfolk, aber Besuche bei ihnen, die sie in den ersten Jahren ihrer Ehe regelmäßig gemacht hatten, erwiesen sich im Laufe der Zeit als überflüssig. Die alten Leutchen erkannten ihn kaum noch, verwechselten ihn allzuoft mit seinem Vater, den Stu – er gab das ganz offen zu – wegen seiner Leidenschaft für Port- und andere Weine schon sehr früh zu verachten gelernt hatte.

»Hast du dir einmal überlegt, was es bedeutet, daß Christine nun ein Kind bekommt?« fragte Helene.

»Mhm«, machte Stu.

»Bitte, leg die Zeitung fort und laß uns darüber reden.«

»Natürlich, Darling«, sagte er, legte die Zeitung fort und wandte sich ihr zu, stützte das Kinn in die Hand.

»Also Christine bekommt ein Kind, na und?«

»Wir alle leben vom Werk«, sagte Helene, »und Johannes ist es zu verdanken, daß Martinus seinen Passionen frönen kann.«

»Und was hast du dagegen, Darling?«

Stus unerschütterliche Höflichkeit machte Helene mit einemmal wütend.

»Ich habe gar nichts dagegen. Nur, das Erbe, begreifst du denn nicht, das Erbe wird in Zukunft mindestens durch vier geteilt werden. Denn da kommt ja auch noch das Negerbaby ins Haus.«

»Platz haben wir doch genug hier, Darling.«

»Es geht nicht um den Platz im Haus, Stu, es geht um das Erbe deiner Söhne. Bisher sah es ganz so aus, als würden sie allein die Fabrik erben. Aber wenn Johannes einen Sohn hat, wird er der erste Erbe sein.«

»Johannes hat schließlich die Fabrik überhaupt erst wieder aufgebaut. Und zwar aus dem Nichts heraus.«

»Ja, ja, schon gut. Aber Peter und Paul –«

»Darling, du solltest deine Stimme dämpfen.«

»Okay, okay«, sagte sie, »ich dämpfe meine Stimme. Aber wenn ich daran denke, daß unsere Söhne in Zukunft nur noch die zweite Geige spielen sollen...«

Stu grinste. Normalerweise fand sie das unwiderstehlich, sie hätte ihm ins Haar gegriffen und ihn gehörig hin und her gezerrt und hätte schließlich mit ihm gelacht. Aber diesmal blieb sie ernst und schien über ihn hinwegzublicken: »Ich glaube, ich muß mit Johannes reden, bevor das Kind noch geboren wird.«

»Das wirst du ganz schön bleiben lassen«, sagte Stu.

»Was?« Endlich sah sie ihn richtig an.

»Du hast mich gehört. Du wirst das bleiben lassen. Johannes ist einer der tüchtigsten und besten Menschen, die ich kenne. Deinen – unseren Söhnen wird es niemals an etwas mangeln, solange er und ich das vermeiden können. Und ob sie das Erbe, die Fabrik, in dem Sinne, wie du glaubst oder wünschst, überhaupt wollen, steht wahrhaftig noch in den Sternen. Paul interessiert sich brennend für Geologie, wie du sehr wohl weißt; es vergeht kein Tag, an dem er nicht irgendwelche Steinbrocken mit nach Hause bringt und mir genau die Strate oder wie das heißt erklärt. Und was Peter angeht, so weißt du ebensogut wie ich, daß er am liebsten das Haus in ein Tierasyl verwandeln würde. Und wenn du nicht so putzwütig wärest, meine Liebe, hätte er längst ein halbes Dutzend Hunde.«

»Ich – putzwütig?« Helenes Augen blitzten wütend auf.

»Natürlich, Darling.«

»Also gut, er kann eine Katze haben. Eine Siamkatze.«

»Peter will keine Katze, er will einen Hund!«

»Stuart!«

»So ist es, Darling.«

»Du mit deiner unerschütterlichen Ruhe, du mit deiner verdammten britischen Höflichkeit.« Sie sprang aus dem Bett. Er feixte. »Holst du uns was zu trinken?«

»Säufer!«

»Ach, weißt du, so ein kleines Glas Rotwein vor dem Einschlafen«, er legte sich auf den Rücken, verschränke die Hände im Nacken, seufzte genüßlich.

»Widerlich«, sagte Helene, aber sie konnte nicht anders, mußte lachen, beugte sich über ihn, küßte ihn, traf jedoch nur sein langes Kinn. »Und stoppelig obendrein!«

»Ein starker Bartwuchs ist ein Zeichen von Männlichkeit«, sagte Stu gegen die stuckverzierte Decke gewandt.

»Schuft!«

»Sei ein braves Mädchen, Darling, und hol uns ein Glas Rotwein und hör auf, dir deinen hübschen Kopf zu zerbrechen. Unsere Söhne werden schon ihren Weg im Leben finden, und dazu müssen sie nicht unbedingt die Erben einer Tuchfabrik sein, obwohl ich zugebe, daß das natürlich bequem wäre.«

»Also gibst du es zu! Du machst dir auch Sorgen.«

»Sorgen, Darling? Ich mir Sorgen machen? Nein, nur darum, daß wir alle gesund und munter bleiben. Und vor allem Christine, denn ich glaube, sie war in den Monaten vor ihrer Schwangerschaft kränker, als wir alle gemerkt oder zur Kenntnis genommen haben.«

»Du meinst das wirklich?«

»Ja, Hell«, sagte er, und sie sahen sich an.

»Danke, Stuart«, sagte sie nach einer Weile, und diesmal traf sie seinen Mund, als sie ihn küßte. »Du hast recht, ich hole uns noch ein Glas Rotwein. Und es ist manchmal wirklich sehr praktisch, einen vernünftigen englischen Mann zu haben.«

Ab dem dritten Monat würde Christine nun in die Schweiz gehen. Ihr ›Gynäkologe‹ hatte dies so beschlossen, da unter Umständen gewisse Komplikationen während ihrer Schwangerschaft nicht auszuschließen waren. Sie war schließlich bald neununddreißig und erwartete ihr erstes Kind.

Der Abschied von den Jungens, von Helene und Stu fiel ihr schwer, aber mehr natürlich noch von Johannes; er hatte zwar vorgeschlagen, sie jedes Wochenende in der Schweiz zu besuchen, in Zürich, aber sie wollte ihm diese Anstrengung nicht zumuten und meinte, es genüge, wenn er alle vierzehn Tage käme.

»Es sind ja nur sechs Monate«, sagte sie, »die ich ohne dich verbringen muß, und was ist das gegen mehr als zwanzig Jahre, die ich allein gelebt habe.«

Schang zwei brachte sie und Johannes zu der Klinik in Zürich, die von einem bekannten Gynäkologen geleitet wurde, der inzwischen über alles, was Christine und ihre angebliche Schwangerschaft betraf, sowohl von Johannes als auch von Dr. Whyler in New York eingeweiht war.

Er begriff die Gründe, die zum Entschluß der Verviers geführt hatten, gut.

Niemand sollte jemals erfahren, daß das Kind der Verviers nicht hundertprozentig ihr eigenes war; zu jung noch war jener Zweig der Gynäkologie, der sich mit der künstlichen Besamung in ihren verschiedenen Formen befaßte, manchen Leuten auch noch sehr suspekt. Doch er, ein erfahrener Arzt, hatte oft genug erlebt, daß Frauen beinahe daran zugrunde, Ehen darüber kaputtgingen, weil es keine Nachkommen gab.

Dieses Kind, das eine junge Frau in New York austrug, und das, wenn es geboren wurde, das Kind der Verviers sein würde, konnte gewiß ein glückliches Kind werden.

»Ein Zauberkind«, sagte er lächelnd zu den beiden, die da vor ihm saßen – Johannes und Christine.

Und ihr Gesicht leuchtete, und sie wiederholte leise: »Unser Zauberkind.«

Sie waren so glücklich, und nichts schien dieses Glück trüben zu können.

Doch in den Nächten kamen die Zweifel.

In den Nächten, in denen Christine die Schlaftablette nicht nahm, weil sie über sich und Jo nachdenken wollte und das Kind, das bald ihnen gehören sollte.

Hatte Jo wirklich begriffen, warum sie sich so sehnlichst dieses Kind für ihn wünschte?

War es richtig, was sie getan hatten?

Und wenn nun etwas schiefging?

Wenn das Kind verkrüppelt geboren würde?

Man las soviel heute davon in den Zeitungen.

Umwelteinflüsse, Medikamentenmißbrauch, ein unglücklicher Fall der Schwangeren, falsche oder böse Erbanlagen, die plötzlich zum Durchbruch kamen?

Die Zeitschriften waren voll von medizinischen Ratschlägen und voll von Andeutungen, die, wenn man ihnen Glauben schenkte, eigentlich immer nur das Schlimmste bedeuteten.

Vorsorgeuntersuchungen, Nachuntersuchungen, Bestrahlungen, mirakulöse Heilmittel aus den fernsten Teilen der Erde, Wunderheilungen, die als Scharlatanerie entlarvt wurden.

Manchmal war es ihr, als spüre sie das Kind in sich selbst wachsen, und legte ihre Hände auf ihren Bauch, aber der war flach wie immer.

Und die Nachrichten aus New York, die sie regelmäßig von Dr. Whyler erhielt, waren spärlich genug.

»Es hat bisher keine Komplikationen gegeben.«

»Mir ist nichts Kritisches bekannt.«

Warum diese Worte ›bisher‹ und ›nichts Kritisches‹?

Warum nicht ganz einfach ›Es ist alles in Ordnung?‹

Wenn Jo sie besuchen kam, ließ Christine sich ihre Depression nicht anmerken. Und sie wußte genau, daß es eine war und schluckte gehorsam die kleinen weißen Rippen dagegen, zwei am Morgen und vier am Abend.

Sie machte sich schön für Jo und spürte, daß er stolz auf sie war, wenn sie in den erlesenen Restaurants von Zürich speisten, die er sorgsam aussuchte, und in den kleinen Bars, die es hier noch gab, miteinander tanzten, als wären Discos Höllen fremder Sterne.

Aber was geschah, wenn Mary eine Fehlgeburt erlitt?

Einmal weinte sie im Schlaf und wurde davon wach, daß Jo sie streichelte und mit leisen Worten zu beruhigen versuchte.

»Ja«, gab sie erstmals zu, »ich habe plötzlich Angst. Wenn – wenn das, was wir uns alle vorgenommen haben, schiefgeht, was dann, Jo?«

»Dann haben wir immer noch uns beide.«

»Jo, meinst du das wirklich?«

»Ich habe nie anders gedacht.«

»Also willst du das Kind eigentlich gar nicht!«

»O doch. Aber nur, weil du es brauchst. Ja, Chris, du brauchst es wirklich. Und bevor ich hierherkam, habe ich mit Doktor Whyler telefoniert, und es ist wirklich alles in Ordnung. Alles wird in Ordnung gehen.«

»Aber wenn es ein schönes Kind wird, wenn sie es behalten will? Wenn –«

»Chris«, sagte er, »das Schlimmste, was man sich selbst antun kann, sind unbegründete Zweifel. Man macht sich damit kaputt. Du mußt dich davon befreien. Und dann findet sich alles anders ganz von selbst.«

Und sie nahm sich zusammen und sagte, ähnlich wie ein Mann im fernen Flowercountry: »Ja, Jo, du hast recht, und ich werde mir alle Mühe geben, mich daran festzuhalten und daran zu glauben.«

16.

Aber das Zauberkind wuchs nicht in Christine, es wuchs in Dagmar Johnson. Und der Tag, an dem Dr. Whyler ihr sagte, es ihr schonend beibrachte, daß ein Kaiserschnitt notwendig sein würde, um das Kind gesund zur Welt zu bringen und sie selbst nicht zu gefährden, war ein düsterer Tag, der sich auch nicht aufhellen wollte, als sie abends nach Hause kam.

Da war jetzt die helle freundliche Wohnung; da waren keine keifenden Stimmen mehr von der Straße her oder aus den anderen Stockwerken. Oliver aß brav wie jeden Abend sein Erdnußbuttersandwich und trank seine honiggesüßte Milch, und Danny, das zarte honigfarbene Mädchen, das Dagmar zur Hand ging, die Wohnung in Ordnung hielt, aber vor allem da war, um Oliver aus dem Kindergarten abzuholen und sich um ihn zu kümmern, hielt für sie schon die Tasse Tee mit Milch und Zucker bereit.

»Ich hoffe, Sie hatten einen guten Tag, Mrs. Johnson.«

Und Dagmar antwortete: »Ja, danke.«

»Aber Sie sehen ein bißchen müde aus?«

»Das Wetter macht mir zu schaffen. Es ist plötzlich so kalt und unfreundlich geworden.«

»Wir kriegen früh Schnee in diesem Jahr.«

»Mummy, kaufst du mir einen Schlitten?«

»Natürlich, Oliver.«

Er betrachtete sie; er betrachtete sie neuerdings manchmal, so fand Dagmar, mit einer fast boshaften Aufmerksamkeit.

»Du bist so fett geworden, Mummy«, sagte er dann auch.

Sie wandte sich schnell ab.

»Oliver, trink deine Milch und dann ab ins Bett«, sagte Danny.

»Okay, Dannydo«, kreischte Oliver und gab Dagmar einen Klaps aufs Hinterteil, eine der Angewohnheiten, die er aus dem schlechten Viertel noch beibehalten hatte; ein knapp vierjähriges Kind, so von seiner Umwelt schon geprägt?

Dagmar preßte die Lippen aufeinander. Stand bewegungslos. Danny führte Oliver in sein Zimmer.

Dagmar stützte ihren Kopf an die Wand. O mein Gott, dachte sie, er hört und sieht und weiß. Und natürlich kann er nicht alles begreifen.

Dannys Arm legte sich um ihre Schultern.

»Sie brauchen was Stärkeres, Madam, als 'nen Tee.«

»Nein, nein«, wehrte sie ab, sie schaute nicht auf, während sie Danny in der hellen freundlichen Küche hantieren hörte.

Schließlich stellte Danny ein hohes Glas mit einem milchiggelben Getränk vor sie hin.

»Sie dürfen ruhig trinken, Madam. Es wird sie stärken.«

Dagmar sah Danny an; sie wußte, sie mußte dem jungen Mädchen erklären, wieso sie schwanger war. Warum sie es getan hatte.

»Mein Mann ist in einem Sanatorium«, sagte sie. »Er ist sehr krank. Aber ich habe es für ihn getan, verstehen Sie? Ich meine, für ihn und Oliver. Wir brauchten das Geld. Sie haben nie gesehen, wo wir vorher gehaust haben.« Und es brach alles aus ihr heraus, was so viele Monate in ihr angestaut gewesen war – diesem honigfarbenen stillen Mädchen gegenüber, von dem sie eigentlich nur wußte, daß es das dreizehnte Kind der Familie war.

Und obwohl Danny kein einziges Wort sagte, konnte Dagmar in ihren Augen lesen, daß sie alles verstand.

»Für meinen Mann und für mein Kind«, sagte sie noch einmal.

Und dann begannen die Wehen. Zu früh, viel zu früh, dachte Dagmar. Oh, lieber Gott, ich will sie doch nicht enttäuschen. Nimm mich, ja, nimm mich, aber nicht das Kind.

Das dachte sie ganz klar, während Danny schon mit Dr. Whyler telefonierte.

Wer nimmt sich von uns Erwachsenen schon wirklich die Zeit, und wer bringt auch die Courage auf, sich vorzustellen, was in dem Kopf eines Kindes vorgehen mag, das wir vor einem bestimmten Alter zumeist ›süß‹ oder ›entzückend‹ oder aber auch als lästig empfinden?

Sie sind noch zu klein; sie verstehen noch nichts; man kann ganz ruhig und offen vor ihnen reden. Und selbst wenn sie ein bißchen was davon verstehen, kann man's später wieder hinwegerklären...

Als seine Mutter aus der Wohnung geschafft war, mit der heulenden Ambulanz, als endlich Danny in das Wohnzimmer zurückkam, mit kleinen Schweißperlen auf Oberlippe und Stirn – stand Oliver am Fenster und starrte auf den dunklen Park hinaus.

»Aber Oliver, du warst doch schon im Bett«, sagte Danny. »Warum bist du wieder aufgestanden?«

»Yessir«, sagte Oliver.

»Und was meinst du damit?«

»Es war soviel Lärm und Krach, da bin ich eben wieder aufgestanden.« Und dann wandte er sich um und sah sie mit strengen Kinderaugen an. »Kriegt sie das Balg jetzt endlich?«

Danny wischte sich über die Stirn und über die Lippen.

»O Gott«, sagte sie, »Master Oliver, so spricht ein kleiner Gentleman nicht.«

»Ich war auch mal ein Balg«, sagte er, »bloß jetzt bin ich nicht mehr so klein wie das in ihrem Bauch. Obwohl sie mächtig dick war, was?« Er lachte.

Danny hätte sich am liebsten die Ohren zugehalten.

»Komm, ich mach' uns eine heiße Malzmilch, und dann gehen wir beide schlafen.«

»Ich will zu meinem Dad«, sagte Oliver.

»O Gott, ich wag' mich ja nicht mal bei der Nacht allein aus dem Haus!«

»Du kannst mich in ein Taxi setzen und dem Mann die Adresse geben und dann bringt er mich schon hin, zu Dad. Schau mal, da unten fahren viele Cabs herum.«

»Was wird dein Vater sagen, wenn du mitten in der Nacht in Flowercountry auftauchst?«

»Ich will ihm was sagen!«

Danny ging zu Oliver. Sie blieb nah hinter ihm stehen, während er wieder auf den dunklen Park starrte. »Oliver, deine Mutter hat etwas sehr Gutes für dich und deinen Vater getan. Hier in dieser Wohnung gefällt es dir doch, und im neuen Kindergarten auch, oder?«

»Shit«, sagte er.

»Und bald wird dein Vater gesund sein, sehr bald sogar, und wieder nach Hause kommen, und dann –«

»Schmeißt er Mummy aus dem Fenster.«

»Oliver«, sagte Danny, »du stotterst ja gar nicht mehr. Du bist ja plötzlich ein richtig großer Junge geworden.«

Er drehte sich zu ihr um. »Ich hab' schon ein paar Leute aus dem Fenster fallen sehen. Das war nicht hier, das war – vorher.«

»Aber hier schmeißt keiner keinen aus dem Fenster und bestimmt nicht dein Daddy deine Mummy. Dein Daddy ist bald wieder ganz gesund. Und deine Mummy auch.«

»Und das Balg?« Jetzt begriff Danny plötzlich, das war auch die Eifersucht eines kleinen Jungen, dem bisher das bißchen Aufmerksamkeit, das ihm überhaupt gelten konnte, eben allein gegolten hatte.

»Du bist Oliver«, sagte sie. »Du bist Oliver Herbert Johnson junior. Und einen zweiten gibt es nicht.«

»Das Balg«, wiederholte er störrisch.

»Gibt deine Mummy einer anderen Frau, die kein Kind bekommen kann.«

»Wann?«

»Sofort, wenn es geboren ist.«

»Aus ihrem Bauch raus?«

»Ja, aus ihrem Bauch raus«, sagte Danny.

»Es kommt niemals hierher?«

»Niemals.«

»Ehrenwort, and cross my heart?«

»Ehrenwort und cross my heart«, wiederholte Danny.

»Dann sollte ich Dad vielleicht gar nichts davon sagen?«

»Ich glaube, das ist einfach nicht nötig.«

»Danny, hast du meine Mummy lieb?«

»O ja«, sagte Danny, »sehr viel.«

»Ich auch«, sagte Oliver. »Gibst du mir jetzt bitte meine Malzmilch und erzählst mir noch ein bißchen, bis ich einschlafe?«

»Ja«, sagte Danny, »das tu' ich gern, Oliver. Komm.«

17

Das Heulen der Ambulanz, die Bahre, auf der sie hinuntergeschafft wurde, gaffende Menschen, andere, die schnell weitergingen. Weißes Licht, eine komische Flasche, die über ihr baumelte, ein Schlauch, der in ihrer Armbeuge befestigt wurde. Der Einstich einer Nadel, der weh tat.

Und dann nichts mehr. Gar nichts mehr. Bis Dagmar wieder zu sich kam.

Dr. Whyler saß an ihrem Bett. Er lächelte.

»Hallo, Dagmar«, sagte er.

»Hallo, Doktor Whyler. Ich habe ein bißchen schlappgemacht, was?«

»Nur ein bißchen«, sagte er, »aber alles ist in Ordnung.«

»Das Kind?«

»Ein gesunder Junge.«

»Wo ist er?«

»Dagmar, Sie hatten so viel Mut; verlieren Sie ihn jetzt nicht. Und stellen Sie keine Fragen, die ich nicht beantworten will und auch nicht beantworten kann.«

»Gut«, sagte sie, »ist wohl auch nicht so wichtig.« Es war ihr, als säße sie auf einem Schlitten und rutsche einen langen weißen, gleißendweißen Schneehang hinunter.

Whyler erhob sich müde. Es war eine lange, sehr lange Nacht gewesen.

»Es ist so schön«, flüsterte Christine und stand hinter der Scheibe, die keinen Laut durchließ, und dahinter stand die Schwester und hielt das Baby in ihren Armen.

Christine hielt fest Johannes' Hand; sozusagen über Nacht waren sie nach New York gerufen worden.

Dr. Whyler hatte nach der verfrühten Geburt verfügt, daß das Kind sofort in eine andere Klinik kam, denn, wie er sagte: »Jetzt ist es Ihr Kind, Mrs. Vervier.«

Ja, es ist unser Kind, dachte Christine, und es ist vor allem Johannes' Sohn.

Die Stirn, die Schläfen, die Nase, das Kinn; nur der Mund, der war anders, aber der Mund eines neugeborenen Kindes würde sich noch ändern, und eines Tages würde sie nichts anderes sehen als Johannes' Ebenbild.

»Freust du dich?« fragte sie. Und er sagte, ja, obwohl er nicht frei war von einer gewissen Beklommenheit. Hier stand er neben der Frau, die er liebte, und eine andere hatte sein Kind geboren.

Nicht mehr daran denken, dachte er, vergessen, vergessen, um Christines Willen, und das Kind lieben. Es von ganzem Herzen lieben. Nur daran darf ich denken. Und nur darauf kommt es an.

Herbert erwartete den Tag seiner Entlassung. Er hatte nun beinahe zwei Jahre in einem Sanatorium zugebracht, in dem Menschen wie ihm geholfen wurde.

Natürlich wußte er, wie er aus dem Vietnamkrieg zurückgekehrt war, als Krüppel. Nicht so sehr wegen seiner körperlichen Verletzungen, die waren ja verheilt. Aber die seelischen Verletzungen, die Erinnerungen, die Alpträume, die ihn heimsuchten, die hatten ihn nie verlassen und hatten ihn fertiggemacht, bis Dagmar es nicht mehr aushielt, bis sie Hilfe suchte für ihn und auch fand, und ihn – er war sich heute, nach achtzehn Monaten, ganz klar dessen bewußt – damit vor seiner Selbstzerstörung rettete.

Er wäre untergegangen, er wäre erstickt im Dschungel seiner Ängste.

Aber er war daraus aufgetaucht. Er hatte den Dschungel endlich hinter sich gelassen. Es gab keine grinsenden Fratzen mehr, die ihn im Traum anbleckten und die er töten mußte.

Ja, es gab noch den Flug mit dem Helikopter und der Fracht, dem Leichnam seines Bruders, in eine grüne Plane geschnürt. Die versengten, verbrannten Knochen, die man hatte brechen müssen, damit sie nicht mehr anklagend gegen den Himmel wiesen, seine Arme und seine Hände, die sich in den Himmel zu krallen schienen, der kein Erbarmen gekannt hatte.

Aber wieder und wieder in den langen Stunden

der Einzeltherapie und auch in den Stunden der Gruppentherapie hatte er erkennen müssen, daß seine Erfahrungen nur ein Bruchstück derer waren, die andere Menschen um ihn her auf ihre Weise gemacht hatten.

Und schließlich hatte er sich damit abgefunden.

Er konnte zu Dagmar zurückkehren, zu seinem Sohn.

Er konnte ein neues Leben anfangen.

Achtzehn Monate hatten gereicht, um ihn – auch eine Form der Therapie – in Französisch, Deutsch und Russisch fit zu machen. Er besaß ganz einfach eine ungewöhnliche Begabung für Sprachen.

Er würde eine gute Stellung finden. Vielleicht bei den United Nations als Dolmetscher. Und er würde Dagmar und Oliver aus dem Loch herausholen, in dem sie bisher gelebt hatten.

Er würde auch endlich richtig für Mum sorgen können, verdammt noch mal, sie war zwar alt und fühlte sich eigentlich in ihrer Umgebung wohl, aber fünfzig oder hundert Dollar im Monat, die würden ihr noch gefallen, oder etwa nicht? Na, wenn sie nicht weg wollte aus der Bronx, und wenn sie nicht begriff, was er für sie wollte, okay, aber wie gesagt, fünfzig oder hundert Dollar im Monat würden auch für sie einen Unterschied machen.

Herb sah dem Tag seiner Entlassung aus Flowercountry mit Ungeduld und mit Freude entgegen.

Endlich, endlich würde er Dagmar und Oliver

das Leben bieten können, das er für sie erträumt hatte.

Er würde sich natürlich nicht mehr mit den alten Kumpels abgeben, nein; sie würden sofort in eine andere Gegend ziehen, und er würde ganz bestimmt einen richtigen Job finden. Und vielleicht, vielleicht brauchte dann Dagmar auch bald nicht mehr zu arbeiten, und sie würden noch ein Kind kriegen. Eine kleine Tochter. Ja, er wünschte sich eine Tochter, die so schön sein würde wie Dagmar. Oder wie seine Mutter es einmal gewesen war, peach and cream, was eigentlich gar nicht so recht zu übersetzen ist, das aber immer noch sein Schönheitsideal war. Eine Haut wie Milch, Haare von dem hellen niemals gefärbten Blond von Dagmar, ja, er hörte sogar schon die helle kindliche Stimme, die nach ihm rief, wenn er abends nach Hause kam – Daddy, Daddy.

Er lag auf seinem Bett in dem hellen kühlen, niemals verschlossenen Zimmer. Er hatte die Hände unter dem Kopf verschränkt und träumte von der Zukunft.

Morgen standen ihm Schlußuntersuchungen bevor, aber er wußte, daß er sie bestehen würde.

Und auch das letzte Gespräch mit dem Arzt.

Auch das würde vorbeigehen, und dann konnte er zu Dagmar und Oliver zurückkehren. Endlich, endlich ein normales Leben beginnen.

Die Taufe von Johannes Matthias Vervier fand natürlich in Aachen statt.

Das Kaminzimmer, Herz des Hauses, war zu diesem Anlaß mit einem kleinen Altar geschmückt worden. Moosrosen und Fresien füllten die Vasen, und Kerzen flackerten und verbreiteten ihren warmen Duft.

Christine hielt dem Pfarrer das Kind entgegen, das ihr Kind war, denn es trug Johannes' Züge.

Ja, es war wahrhaftig ihr Kind.

Vergessen, verdrängt war jede andere Erinnerung.

Es wurde auf den Namen Johannes Stuart Matthias getauft.

Herbert sah sich zum Abschlußgespräch dem Arzt gegenüber, zu dem er Vertrauen und Zuneigung gefaßt hatte, denn er hatte seine Heilung bewirkt.

»Sie haben so großartige Fortschritte gemacht, daß wir uns um eine Stellung für Sie bemühen konnten«, sagte der Arzt. »Herb, Sie sind ein Sprachgenie, und die United Nations haben Sie angenommen.«

Es gab Herb einen Stich, genau diesen ersten Schritt hätte er selbst gern allein versucht.

Aber nun war's vorbei, und nach achtzehn Monaten der Führung durch andere begehrte er deswegen auch nicht auf.

»Aber«, so sagte die ihm vertraute Stimme, »da ist eine andere Sache, über die wir noch sprechen müssen. Ihre Frau war zwar dagegen, aber ich halte es für meine Pflicht, Sie damit vertraut zu machen.«

»Was ist das?« fragte Herb, und sein Mund

war plötzlich trocken, und er konnte kaum schlukken.

»Sie waren als Privatpatient hier. Aber wir haben natürlich nur Privatpatienten, weil wir der Ansicht sind, daß Angehörige, daß die Familie einstehen sollte, wenn einem Mitglied irgend etwas passiert.«

»Also Dagmar«, sagte Herb.

»Ja, Ihre Frau, Herb.«

»Okay, shoot.« Ohne daß er es wollte, verfiel Herb in die Sprache seiner Kumpel.

»Nein, Herb, so nicht. Es braucht eine gewisse Zeit, um Ihnen zu erklären, was Ihre Frau für Sie getan hat.«

»Okay, okay, nun fangen Sie schon an und machen Sie's kurz und klar«, sagte Herb.

»Okay«, sagte der Arzt, »wie Sie wollen. Sie müssen es verkraften, Herb. Ihre Fau hat Ihretwegen und um Ihres Sohnes willen das Kind eines anderen Mannes ausgetragen. Nach künstlicher Besammung. Normalerweise hätten Sie gar nichts davon zu erfahren brauchen, aber wie das Leben nun mal so spielt, das zweite Kind kam durch einen Kaiserschnitt zur Welt. Und wie ich denke, hätten Sie das ja sehr schnell gemerkt. Also sage ich es Ihnen lieber gleich. Es hat hunderttausend Dollar gebracht. Mann, Herb, Sie können wirklich stolz auf Ihre Frau sein.«

Herbert stand nach einer Weile auf, sagte zu dem offen lächelnden Gesicht: »Okay, Doc. Das bin ich.

Ja, ich bin mächtig stolz auf meine Frau. Und danke, daß Sie mir das so schonend beigebracht haben, wirklich schonend Doc.«

Zwei Stunden später hielt das Taxi, das ihn zu Dagmar und Oliver zurückbrachte, vor dem neuen Haus, der neuen Apartment, in dem sie jetzt lebten.

18

›Sunrise‹ heiß das Apartmenthaus am Central Park South, und es wirkte selbst im Schneeregen hell und freundlich. Gelbe Ampeln brannten beiderseits der Tür, und ein uniformierter Portier hielt einen riesigen grün-weiß gestreiften Schirm bereit, um Hausbewohner oder ihre Gäste von und zu ihren Wagen oder Taxis zu begleiten.

»Hey Mister, hab' keine Zeit, hier anzukleben«, sagte der Taxichauffeur, und Herbert beugte sich in den Wagen, gab ihm zehn Dollar mehr als den verlangten Fahrpreis, was den anderen zu einem verblüfften Pfiff und sofortigem Losbrausen veranlaßte.

Herbert stand und sah an dem Apartmenthaus hinauf, seinen kleinen Koffer neben sich, der außer Pyjama, Bademantel und seinen Toilettenartikeln nur die Bücher enthielt, die er in den letzten Wochen in den neu erlernten Sprachen verschlungen hatte; ›Krieg und Frieden‹ und ›Ich weiß nicht, warum ich so fröhlich bin‹ und ›Oberst Chabert‹.

Er starrte und starrte zu den hellerleuchteten Fenstern hinauf, und er dachte, auch das haben sie mir genommen.

Sie haben mir die Möglichkeit genommen, mir selbst eine anständige Anstellung zu suchen, die United Nations sind mir schon sicher, und sie haben mir die Möglichkeit genommen, meiner Familie wieder ein anständiges Heim zu geben – so wie es am Anfang war.

Der Schneeregen näßte sein Gesicht und drang durch seinen Trenchcoat und durch seine Schuhe, aber er merkte nichts davon.

Er hob seinen Koffer auf, stellte ihn neben dem Portier ab, sagte: »Heben Sie das für mich auf«, und gab ihm eine Zehndollarnote, drehte sich um, ehe der Mann auch nur ein Wort sagen konnte, überquerte die Straße und ging in den Park.

Er steckte die Hände tief in die Taschen seines Trenchcoats, ballte sie zu Fäusten.

Du bist wieder gesund, sagte er sich. Das ist das Wichtigste. Denk daran. Denk jetzt jede Sekunde, jede Minute daran. Du bist wieder gesund, Herbert Johnson.

Und wie hat der Arzt gesagt, der gute alte Doc? »Sie können stolz auf ihre Frau sein.«

Stolz auf meine Frau, die den Samen eines anderen Mannes in ihrem Bauch hat wachsen lassen. Stolz auf meine Frau, die dafür hunderttausend Dollar kassiert hat.

Ich bin natürlich ungerecht.

Der Doc hat recht, sie hat es für mich getan. Mann, ich war am Ende. Mann, ich weiß doch selbst, was vor zwei Jahren mit mir los war. Ich ging doch Stück für Stück kaputt. In meinem Kopf und in meinem Körper – ja, und Dagmar hat mich gerettet. Sie hat mich mit ihrem Opfer gerettet.

Er blieb abrupt stehen. Aber wieso hat sie schon vor achtzehn Monaten das Geld fürs Sanatorium gehabt? Dann muß sie den Kerl doch schon damals gekannt haben, der bereit war, die hundert Mille zu blechen. Sonst hätte sie mich doch damals gar nicht mit ihrem guten Dr. Whyler soweit kriegen können, ins Sanatorium zu gehen?

Wie sie auf mich eingeredet haben. Sie tagelang, er einen Abend lang, aber das hat mir gereicht. Mann, wenn ich daran denke, wie der mir die Furcht des Herrn eingejagt hat. »Wenn Sie noch ein paar Wochen so weitermachen, Herb, dann bringen Sie sich selbst oder Ihre Frau um. Und schauen Sie sich an, was aus Ihrem Jungen werden soll? Dagmar arbeitet den ganzen Tag, Sie versprechen hoch und heilig, auf den Jungen aufzupassen und, was tun Sie, Sie lassen das Kind allein.« Anklagend wies Dr. Whyler auf Olivers Arm, der bandagiert war und den der Junge in einer Schlinge trug. Oliver war allein gewesen, er hatte Hunger, er hatte versucht, sich ein Fertiggericht im Ofen heiß zu machen, und sich dabei verbrannt. »Und Ihre ganze Bude hätte in die Luft fliegen können; hätte er, das zweijährige Kind, nicht noch die Geistesgegenwart gehabt, alle Knöpfe am Herd auszudrehen. An Ihrem Gasherd, Mr. Johnson!«

Und das hatte für Herb den Ausschlag gegeben. Nicht die Worte Whylers an sich, aber die traurigen Augen Olivers, der tapfer den Schmerz der Verbrennung ertrug. »Wenn Mum noch mal sagt,

Daddy, du sollst mich nicht allein lassen, nicht wahr, dann bleibst du auch bei mir, oder?«

Und er, Herb, war aus der Wohnung geflüchtet und hatte sich in der nächsten Kneipe vollaufen lassen und war irgendwann in einem Hauseingang aufgewacht. Bekotzt hatte er sich. Er hatte sein Jackett ausgezogen und es weggeschmissen und sich in der Bar, in der er sein letztes Geld ausgegeben hatte, gewaschen und sich die paar Dollar geborgt, die er brauchte, um durch die halbe Stadt zu Whyler zu kommen.

Er war unrasiert, und er trug nur sein dünnes Hemd und die alten Jeans, und er sah aus wie jeder x-beliebige Bum, aber er wurde sofort zu Whyler vorgelassen, und Whyler sagte: »Gott sei Dank, daß Sie da sind.«

Und er, Herb, hatte gesagt: »Doc, ich weiß jetzt, wie krank ich bin. Ja, und ich brauche Hilfe. Und selbst wenn sie vom Teufel käme.«

»Nicht vom Teufel, Herb, ob Sie's nun glauben oder nicht, Hilfe kommt nur von Gott.«

Noch am selben Abend war er im Sanatorium eingetroffen, und man hatte mit seiner Behandlung begonnen.

Und er hatte sich doch verdammt noch mal zusammengenommen und war wieder gesund geworden, ja, das war er, und je gesunder er wurde, um so mehr Vertrauen faßte er auch wieder zu sich selber, und schließlich wollte er Oliver sehen. Tatsächlich erlaubte man, daß Oliver ihn regelmäßig besuchte.

Er wurde von einem jungen honigbraunen Mädchen gebracht und auch abgeholt. Herb sah sie nie aus der Nähe. Ganz nah, so daß er ihn auch in den Armen halten und ihm Geschichten erzählen konnte wie früher, kam ihm nur Oliver. Und mit dem Geld aus der Bibliothek und für die Übersetzungen, die Herb schon bald anfertigte, konnte er in der Cafeteria des Sanatoriums auch immer Olivers Lieblingsschokolade kaufen, Crunch von Nestlé, und ihm so viele bunte Sodas spendieren, wie der kleine Junge nur wollte.

Nur Dagmar wollte und konnte Herb nicht sehen; zu sehr schämte er sich.

Wenn er zu ihr zurückkehrte, wollte er wieder der alte Herbert sein.

Nein, ein neuer. Er wollte wieder der junge Mann sein, der er vor dem Krieg gewesen war, selbstsicher, ohne arrogant zu sein, klug und wißbegierig, ohne sich etwas darauf einzubilden, mit einer zumindest vielversprechenden Zukunft vor sich. Bis er sich freiwillig – mein Gott – freiwillig in das Inferno des Vietnamkrieges gemeldet hatte, um als letztes seinen verbrannten Bruder auszufliegen. Bevor er selbst verwundet wurde.

Auch das hatte er inzwischen gelernt zu verkraften.

Ja, er hatte Hubs Tod endlich angenommen – als etwas, das er nicht ändern konnte, auch nicht, oder gerade dann nicht, wenn er sich gehenließ, fallenließ in die Abgründe des Selbstmitleides und schließlich der Selbstverachtung, die er dann mit Alkohol und Drogen zu bekämpfen versuchte.

All das war vorbei.

All das.

Herb wußte nicht, wie lange er durch den Park gelaufen war, doch er fror jetzt ganz erbärmlich. Er zündete sich eine Zigarette an, aber er warf sie nach wenigen Minuten weg, weil sie pappig vom Schneeregen war.

Schließlich kehrte er um und stand bald wieder vor dem Apartmenthaus. Der Portier gab ihm seinen Koffer und sagte: »Sir, Ihren Namen bitte? Und wo darf ich Sie anmelden?«

»Johnson«, sagte er, »meine Frau erwartet mich.«

»O ja.« Das Gesicht des Portiers bekam kreisrunde Falten, in denen sein kleiner runder Mund der Stein war, den man in einen Teich wirft. »Madam war schon viele Male unten und hat nach Ihnen Ausschau gehalten, Sir. Madam wird glücklich sein, daß Sie endlich da sind, Sir.«

Sie wohnte im fünften Stock. Mit Blick auf den Park. Cremefarbener Teppich verschluckte den Laut seiner Schritte, dann stand er vor der cremefarbenen Tür. Ein Messingknauf, darüber ein Messingschild.

Herbert Johnson.

Darunter hing ein aus Blumenranken gemaltes Herz mit der Aufschrift: ›Willkommen zu Hause, Daddydo!‹

Es schnürte ihm die Kehle zu, und er spürte, wie

ihm kalter Schweiß auf dem Rücken ausbrach. Als er die Hand hob, um zu klingeln, sah er, wie sehr sie zitterte.

Es war wie ein fernes Läuten, das aus der Wohnung zu ihm klang, dann wurde die Tür schon aufgerissen, und Oliver stieß einen hohen und auch schluchzenden Ruf des Glücks aus und sprang an ihm hoch, mit Armen und Beinen klammerte er sich an ihm fest. Und weinte, weinte, weinte.

Über Oliver hinweg sah er Dagmar in einem langen grauen Kleid, nur die Brosche mit den Saphiren trug sie am Hals, unter dem runden Kragen, seine Brosche; zu ihrem ersten Hochzeitstag hatte er sie ihr geschenkt.

Dagmar war schöner denn je. Das weiche blonde Haar und die leuchtenden grauen Augen und die zarte helle Haut, und sie trug auch kein Lippenrot, so wie am Anfang, wenn sie ihn erwartete, damals noch in Frankfurt und später dann in ihrem ersten Jahr in New York, weil sie wußte, daß er keinen Lippenstift an ihr mochte.

»Jetzt ist ja alles gut, Oliver«, sagte er und streichelte den Kopf des Jungen und die nassen Wangen, »Jetzt ist ja alles, alles gut.«

Und es war, als vertiefte sich das Leuchten von Dagmars Augen noch, und ihr Mund zitterte, und er sah Tränen in ihren Augen, aber er sah auch, daß sie weinte, weil sie glücklich war, ihn wiederzusehen.

»Jetzt muß ich Mami guten Abend sagen«, sagte Herb und schob Oliver vorsichtig ein bißchen von sich fort. Er nahm Dagmar in die Arme und schloß die Augen , als er sie küßte, dachte, der verdammte Doc hat recht gehabt, ich kann wahrhaftig stolz auf sie sein.

Er bewunderte die Wohnung. Ja, sie war hell und schön, sie enthielt vor allem Bücher und viele neue Schallplatten, und es gab ein eigenes, wenn auch kleines Zimmer für Oliver, das mit Stofftieren bevölkert war und eine Tapete mit allen Tieren aus dem Zoo hatte.

Im Schlafzimmer schließlich, Oliver folgte ihnen auf Schritt und Tritt, konnte einfach die Hand Herbs nicht loslassen, sagte Dagmar: »Wenn du dich ein bißchen frisch machen willst – das Bad ist direkt nebenan.« Und er sah, sie hatte ihm alles zurechtgelegt. Wäsche und blütenweißes Hemd und einen neuen Anzug. Er sah sie an und dachte: Woher weiß sie, daß ich abgenommen habe, daß mein Anzug unter dem Trech wie auf einer Vogelscheuche hängt? Denn neben der psychiatrischen Betreuung hatte es natürlich auch körperliches Fitneß-Training gegeben, und er wog jetzt wieder keine Unze mehr als damals, als er noch Baseball gespielt hatte.

»Wir warten auf dich im Wohnzimmer«, sagte sie, »laß dir Zeit.«

Sie küßte ihn auf die Wange, und Oliver sagte: »Daddy, darf ich dir beim Rasieren zuschauen? Mum sagt, ich muß noch zehn Jahre warten, bis ich mich rasieren kann, aber ich glaube ihr nicht. Daddy, bloß Männer sagen doch immer die Wahrheit, oder?«

»Nicht nur Männer, Oliver, auch gute Frauen.«

»Aber Mummy hat mich immer wieder ange-
schwindelt. Sie hat immer gesagt, du kommst nächste Woche nach Hause, und nächste Woche, das ist
jetzt schon lange, lange her, oder etwa nicht?«

»Das hat Mummy getan, weil sie dich lieb hat, Oliver. Mummy wußte, daß ich sehr krank war und
lange brauchen würde, um gesund zu werden.«

»Bist du jetzt gesund, Daddy?«

»O ja.«

»Mann, das ist fein!« Und mit einer knappen Kopf-
bewegung, ohne seinen Blick von Herb zu lassen,
sagte er: »Okay, Mummy, laß uns Männer jetzt allein, damit ich Daddy beim Rasieren zuschauen
kann, damit ich es früh lerne.«

Später aßen sie dann in dem Erker des Wohnzim-
mers, der als Eßnische hergerichtet war, und das
junge honighäutige Mädchen trug die Speisen auf,
die Dagmar gekocht hatte. »Ich konnte sie nicht davon abhalten, auch heute abend zu kommen«, sagte
Dagmar. »Danny war es übrigens, die Oliver immer
zu dir gebracht hat.«

»Ich weiß.«

Danny nickte und strahlte Herb mit ihren honigfarbenen Augen an. Sie legte ihm die besten Stücke
der Pastete und des Bratens vor – alle seine Lieblings-
gerichte waren für ihn vorbereitet worden.

»Danny war im Grunde der einzige Mensch, mit
dem ich in all den langen Monaten reden konnte«,
sagte Dagmar. »Sie hat sich rührend um Oliver ge-

kümmert. Ich hoffe, du wirst Danny auch mögen?«

»Warum sollte ich nicht? Sie hat einen verdammt hübschen Hintern.«

Danny hatte das zum Glück nicht mitgekriegt, weil sie gerade benutzte Teller hinaustrug, Oliver aber lachte schallend; das war sein Daddy, das war die Sprache, die er früher in der alten Straße immer gehört hatte, und nur Dagmar verschluckte sich an ihrem Wein.

»Nun, nun«, sagte Herbert und klopfte ihren Rükken, »man wird hier doch wohl noch ein offenes Wort reden können, oder ist die Umgebung zu fein dazu?«

Aber Dagmar war sehr blaß, und das Leuchten in ihren Augen war erloschen, als sie ihn ansah.

»Ich dachte, man hätte dir alles erklärt«, sagte sie, »obwohl ich gewiß nicht zu feige gewesen wäre, es dir selbst zu sagen. Und es – es besteht kein Anlaß, mich am ersten Abend deiner Rückkehr zu – zu beleidigen.«

»Mein liebes Kind«, sagte er und sprach jetzt deutsch, »du weißt doch sicher, was ein Eunuch ist, nicht wahr? Und genauso komme ich mir vor. Weich gebetet, in Samt und Seide sozusagen, von hinten und vorne bedient, aber eben ein Eunuch. Und das, meine Liebe, hast du fertiggebracht. Und davon kann dich niemand erlösen.« Er stand abrupt auf.

»Daddy, wo gehst du hin?« Auch Oliver war auf den Beinen, starrte ihn an.

»Pinkeln«, sagte Herbert.

Jetzt wurde der Junge rot. »Aber Mummy sagt, so ein Wort –« Er verstummte.

»Pissen«, sagte Herbert.

»Das genügt«, sagte Dagmar leise, aber bestimmt.

»Okay, little man«, sagte Herbert und beugte sich zu seinem Sohn herunter. »Zeit fürs Bett. Mummy...bringt dich.«

»Und du erzählst mir später eine Geschichte? Du kommst doch noch mal zu mir, Daddy?« Wieder dieses Anspringen und die Umklammerung mit Armen und Beinen.

»Ja, mein Sohn, morgen früh erzähle ich dir die längste und schönste Geschichte der Welt.«

Dann ging Herb hinaus.

Danny kam und räumte mit verschlossenem Gesicht und niedergeschlagenen Augen den Eßtisch ab.

»Ich bringe Oliver ins Bett«, sagte Dagmar, und nur da hoben sich die dunklen Kränze der Wimpern, und Dagmar sah in den Augen des Mädchens den Schmerz, den sie selbst empfand, den sie aber nicht wahrhaben wollte; nein, nur nicht nachgeben.

»Es braucht alles seine Zeit, Danny«, sagte sie, »vor allem die Heilung eines Menschen.«

Sie küßte die weiche Wange und sagte: »Bis morgen, Danny. Bitte, mach dir keine Sorgen, es wird schon alles gut werden.«

Herb lag in Shorts und Unterhemd auf dem Bett, eine Zigarette im Mundwinkel, als Dagmar das Schlafzimmer betrat.

Er betrachtete sie zwischen zusammengekniffenen Lidern, während sie seine Sachen vom Boden aufhob, sie über den Stummen Diener hängte.

»Okay«, sagte er schließlich, »zieh dich aus, laß es uns hinter uns bringen.«

Sie blieb am Fußende des Bettes stehen.

»Du weißt über alles Bescheid. Die Ärzte waren der Ansicht, daß es besser wäre, sie würden dir alles sagen, als es mir zu überlassen. Aber es scheint nicht der richtige Weg gewesen zu sein.«

»Zieh dich aus.«

»Herb – ich –«

Er war mit einem Satz hoch, warf sich vor, und mit einer einzigen Bewegung riß er ihr Kleid auf. Dann ließ er sich wieder zurückfallen und lächelte. »Jetzt dürfte es dir leichterfallen, den Rest auszuziehen.«

Er sah den Schmerz in ihren Augen, er sah, wie blaß sie war, wie farblos mit einemmal ihr Haar schien. Er sah, wie sie die Hände hob und wieder fallen ließ, die Handflächen nach außen gekehrt. Aber all das rührte ihn nicht.

Sie hatte den Samen eines anderen Mannes in sich empfangen und sein Kind ausgetragen für lächerliche hunderttausend Dollar. Okay, okay, er hatte Oliver befragt, während er sich rasierte und umzog; nein, nie, nie hatte Mummy Besuch gehabt von irgendeinem anderen Mann, außer dem alten Dr.

Whyler und manchmal Ernie vom Revier. Und Herb schämte sich jetzt noch, seinen Sohn so ausgefragt zu haben.

Aber wenn es schon auf die Art passiert war, wie ihn der Doc im Sanatorium hatte glauben machen wollen, und wenn es schon passiert war, seinetwegen, dann sollte sie sich wenigstens zu dem Kind bekennen und es großziehen. Okay, okay, er würde es schon lieben wie Oliver, verdammt noch mal.

Da stand sie nackt vor ihm, ganz plötzlich schien es ihm, und er sah die Narbe des Kaiserschnitts.

Sie hatte seinetwegen gelitten.

Ganz plötzlich erkannte er es, ganz plötzlich wurde es ihm bewußt.

Er hatte achtzehn Monate in der Geborgenheit des Sanatoriums zugebracht, und Dagmar hatte es für ihn getan.

Da weinte er, und da war plötzlich nur noch Mitgefühl für sie, ja, im nachhinein Mitleiden, und er kroch zu ihr über das Bett und umfaßte sie und preßte sein Gesicht an ihren Leib und sagte immer wieder, immer wieder: »Verzeih mir, verzeih mir.«

19

In Aachen, im Haus der Verviers, schien mit dem kleinen Jo, wie ihn alle nannten, noch mehr Glück eingezogen zu sein.

Helene hatte die Befürchtungen, ihre Kinder könnten in irgendeiner Weise zurückgesetzt werden, längst vergessen, denn Peter und Paul liebten den kleinen Jo, als wäre er ihr kleiner Bruder.

Ob er gewickelt wurde oder gefüttert, ob Christine mit ihm spazierenfuhr, sie wollten immer dabei sein.

»Er erkennt uns«, sagten die Jungen, und tatsächlich strahlte das kleine Gesicht immer auf, wenn einer der Jungs in Jos Nähe kam.

Ohnehin war Jo vom ersten Tag an ein zufriedenes, immer freundliches Baby, und Stu behauptete, er genösse ganz selbstverständlich all die Liebe, die ihm entgegengebracht wurde.

Jo wuchs und gedieh, wurde nie krank, schrie nur ganz selten, und dann auch nur, wenn er Hunger hatte. Am vergnügtesten lachte er, ja, es war ein richtig vergnügliches, glucksendes Lachen, wenn Magdalena – so war sie von den Padres in St. Marien in Nairobi getauft worden, und Martinus hatte sie zu Ostern ins Haus gebracht, knappe sechs Jahre alt – ihn auf der Hüfte durchs Haus trug. Sie tat das mit einem Geschick und einer Vorsicht, daß keiner auf die

Idee kam, sie könnte ihn jemals fallen lassen. Das würde auch nie passieren, denn sie hatte ja schon einen kleineren Bruder so getragen, und das war noch dort gewesen, wo sie manchmal stundenlang auf einem Fleck stehen mußte, bis endlich das Flugzeug aus dem Himmel kam und ihnen Mais brachte, dessen Portionen nach der Anzahl der Familienmitglieder abgemessen in die Blechschüsseln geschüttet wurde.

Maiskörner, die sie dann zu ihrer Mutter trug, und die zerstampfte sie in dem hohen hölzernen Mörser, und Wasser wurde im eisernen Topf erhitzt und das Maismehl hineingeschüttet und Salz hinzugefügt oder auch Kräuter, wenn es kein Salz gab, und dann hielt Magdalena immer noch ihren Babybruder auf der Hüfte, während sie neben ihrer Mutter hockend darauf wartete, daß der Maisbrei aufquellen und flockig würde, und sie zupfte dann kleine Brocken heraus und blies darauf, bis sie kühl genug waren und sie ihren Bruder damit füttern konnte.

Oh, sie vermißte Jonathan sehr, wie sie Stu anvertraute, der immer Englisch mit ihr sprach, was sie recht gut verstand, und der kleine Jo war nun der Ersatz für ihren kleinen Jonathan.

»Weißt du, Onkel Stu«, sagte dieses Kind, das weit über seine Jahre alt war, »wenn Gott doch so groß und mächtig ist«, sie gebrauchte genau diese Worte, »warum kann er dann nicht alle Kinder taufen lassen und in ein solch schönes Haus senden, wie er mich gesandt hat? Weißt du, ich denke, meine Mutter wird nicht mehr lange leben, und was wird dann aus Jonathan? Er ist ja sogar getauft, aber nur mich hat Vater Martinus ins Flugzeug gesetzt.«

Johannes und Stuart sprachen darüber und entschieden, daß sie Martinus schreiben würden, er solle, wenn möglich, auch den kleinen Jonathan zu ihnen senden.

Johannes hatte aus Dank Magdalena adoptiert.

Stuart sagte: »Wenn Martinus uns Jonathan schickt, ist das mein Junge, alter Freund.«

Sie tranken den abendlichen Whisky vor dem Essen, während ihre Frauen das Abendbrot bereiteten und Magdalena und die Kinderschwester, die sie inzwischen alle nur »Omi« nannten, eine Witwe von sehr aktiven siebzig Jahren, sich um Jo und die Jungen kümmerten.

»Natürlich bin ich damit einverstanden«, sagte Johannes. »Das Haus ist groß genug. Wenn nötig, könnten wir zum Garten hin immer noch anbauen.«

Und tatsächlich erreichte sie zwei Monate später ein Brief als Antwort auf ihre Anfrage nach Jonathan, daß Martinus ihn selbst mitbringen würde bei seinem nächsten Kurzaufenthalt, der ihm, Martinus, dazu dienen würde, während einiger Vorträge, die er plante, das Gewissen auch jener Menschen aufzurütteln, die nicht so leicht aufzurütteln waren.

Am selben Tag auch las Johannes in dem Dutzend Zeitungen, die er durcharbeitete, während er in die Tuchfabrik fuhr, chauffiert von Schang zwei, eine ihn sofort anrührende Anzeige:

»Mary sucht Jane und James. Bitte dringendst melden. Brauche Hilfe.«

»Was ist mit Ihnen, Chef?« fragte Schang zwei, als sie gemeinsam in das Verwaltungsgebäude gingen, wo Schang zwei in einem kleinen bequemen Raum darauf warten würde, wann und wie Johannes ihn brauchen würde. »Sie sehen richtig käsig aus?«

»Ach, nichts Besonderes«, sagte Johannes, »nur manchmal hat man so komische Vorahnungen.«

»Vorahnungen, Chef, Sie?«

»Ist schon vorbei, Schang«, sagte Johannes und grinste.

»War bloß so eine Idee. Wahrscheinlich krieg' ich in diesem scheußlich feuchten Sommer doch noch meine Grippe.«

Aber es ließ ihn den ganzen Tag über nicht los – bei all seiner Arbeit, immer und immer wieder schoben sich ihm die lapidaren zwei Zeilen aus den Anzeigen vor seine Augen: »Mary sucht Jane und James. Bitte dringendst melden. Brauche Hilfe.«

20.

Johannes wurde das Gefühl nicht los, daß diese Anzeige aus Amerika, die – das hatte er inzwischen nachgeprüft, in allen großen deutschen Tageszeitungen erschienen war – nur für ihn und Christine bestimmt sein konnte.

Schließlich waren Jane und James ihre Namen gewesen – damals in New York, als sie einander begegneten.

Er hatte ihr Gesicht nie vergessen, nie die traurigen Augen und nie die Entschlossenheit, mit der sie bereit war, für die Genesung ihres Mannes zu kämpfen.

Sie hätte, so dachte er, eine jüngere Schwester von Christine sein können.

Nun brauchte sie also Hilfe.

Finanzielle?

Moralische?

Vielleicht wollte sie nach Deutschland zurückkehren? Denn, obwohl er und Christine nichts über ihre Herkunft, nichts über ihre persönlichen Verhältnisse erfahren hatten, als daß ihr Mann unter schweren seelischen Störungen seit seiner Entlassung aus dem Vietnamkrieg litt, so war ihm doch bewußt gewesen, daß ihrem Englischen ein leichter Akzent anhaftete. Und je mehr er darüber nachdachte, war er überzeugt davon, daß sie wahrscheinlich eine Deutsche war. Vielleicht aus Frankfurt, worüber ja zu jener Zeit Vietnamveteranen geschleust wurden, manchmal noch wochen- oder monatelang in amerikanischen Krankenhäusern lagen, ehe man sie nach Hause schickte. Wie nahe er der Wirklichkeit dabei kam, ahnte Johannes nicht. Aber er bat Schang zwei, ihn abends, um sechs, noch zu den ›Sieben Quellen‹ zu fahren, nach Seffent. Sie saßen in der gemütlichen Gaststube und tranken ein Bier miteinander, dann wechselte Schang zwei zu Cola über.

»Etwas bedrückt Sie doch«, sagte er.

»Ich bin nur ein bißchen nachdenklich.«

»Und Ihre Vorahnungen von heute morgen?«

»Ach, die«, sagte Johannes und grinste, »weißt du, das war bloß eine ziemlich unangenehme Entlassung, die ich heute unterschreiben mußte.«

»Ich weiß, Chef, der schiefe Paul. Aber es ging wirklich nicht mehr mit ihm. Er hat alle verrückt gemacht. Ich hab' ja nichts gegen ein Glas gegen den Durst, aber der fängt ja schon morgens vor dem Betrieb an, und wenn es mittag ist, dann legt er sich hin und pennt. Seine Frau hat ihn verlassen. Mit den Kindern. Hielt das einfach nicht mehr aus.«

»Aber warum hat er angefangen zu trinken, Schang?«

»Hat 'ne andere gehabt, und die hat ein Kind von wieder 'nem anderen gekriegt, und das hat er nicht verkraftet. Nee, Chef, und dabei habe ich seine Frau gekannt, ein Goldstück, wirklich. Und hat sich abge-

schuftet, und die Kinder haben nie was von allem gemerkt, ich meine, was sich da so tat zwischen dem
schiefen Päul und anderen Weibern und vor allem
der einen. Vielleicht kommt er jetzt zur Vernunft.«

»Meinst du?«   »Wenn der in der Gosse aufwacht,
Chef, dann hat er vielleicht die Schnauze voll und be-
sinnt sich.«

»Das glaubst du?«

»Ja, Chef, das glaube ich. Zu lange hat der immer
ein Netz mit doppeltem Boden gehabt. Zu lange
war immer jemand da, der für ihn eingesprungen
ist.«

»Ich hoffe, du hast recht, aber ich mache mir doch
Sorgen.«

Aber mehr noch machte sich Johannes Sorgen wegen des Hilferufs aus Amerika, der ihm einfach nicht
aus dem Sinn gehen wollte.

»Glaubst du, Schang, jemand, dem du – na ja, Gutes getan hast, daß der auf die Idee kommen könnte,
dich zu erpressen?«

»Menschen«, sagte Schang zwei, »sind unbere-
chenbar, daran muß man sich gewöhnen, Chef.«

Aber abends, als sie allein waren, nur Johannes und
Christine, in ihrem kleinen Salon, der an ihr Schlafzimmer grenzte, erzählte er ihr von dem Hilferuf
und zeigte ihn ihr.

Sie verlor keine Sekunde des Nachdenkens, sie
sagte: »Johannes, sie braucht uns. Wir müssen uns
melden.«

Und da bei der Annonce eine Codenummer ange-
geben war, sandte er noch am selben Abend ein Telegramm:

»Hier Jane und James. Helfen Ihnen, Mary, wenn
wir können.«

Dagmar hatte wirklich nicht mehr aus noch ein gewußt. Sie war so verzweifelt gewesen, so einsam
und so am Ende ihrer Kraft, daß sie zu diesem, dem
allerletzten Mittel gegriffen hatte. Sie mußte Jane
und James bitten, mit Herb zusammenzutreffen.

Er mußte ein für allemal davon überzeugt werden,
daß sie ihn nie betrogen hatte. Daß sie dieses Kind,
das Zauberkind, doch nur geboren hatte, um ihm
und Oliver, ja, und auch sich selbst, aus der Tiefe
herauszuhelfen, in die sie abgeglitten waren; in einer
Gegend, in der Oliver verrohte, einer Umgebung, in
der Herb sich mit Alkohol und Drogen betäubte und
immer seltener zu sich selbst fand. Und um ihrer
selbst willen, die Tag aus, Tag ein bei ihrer Arbeit ein
lächelndes Gesicht zeigen sollte; die sich oft genug
auf der Toilette einschloß, gestohlene Minuten, in
denen sie einfach dasaß und heulte und nicht mehr
weiter wußte, und dann doch wußte, es mußte ja
weitergehen.

Sie hatte das Kind eines fremden Mannes ausgetragen, aber doch für ihn, Herb, für den einzigen
Mann, den sie liebte.

Ja, und auch für die traurige Frau, der sie so sehr
glich – die ihre ältere Schwester hätte sein können.

»Herb, begreif doch, Herb, versteh doch –«

Aber er hörte ihr nicht zu.

»Du hast mich betrogen. Und wenn du schon dieses verdammte Kind zur Welt gebracht hast, wo ist es denn? Bring's doch her!«

»Aber es ist doch nicht hier. Ich weiß nicht einmal, wo es ist. Ich weiß nur, daß es Eltern hat, die glücklich sind.«

»Vielleicht ist es inzwischen längst verreckt, dein Kind? Dein Zauberkind.«

»Herb, hör doch auf, und bitte, sei leise –«

»Warum soll ich leise sein?« schrie er. »Jeder soll hören, daß du eine Hure bist. Ja, eine verdammte deutsche Hure!«

Oliver schlug mit seinen Fäusten gegen ihre Schlafzimmertür und rief: »Daddy, Daddy, tu Mummy nicht wieder weh!«

Herb schlug sie trotzdem, und sie ertrug es ohne einen Laut, und später, als er endlich schlief, schlich sie sich zu Oliver und hielt ihn in ihren Armen, und der Junge sagte: »Ich hasse ihn, ja, er ist nicht mehr mein Daddy. Er soll fortgehen. Bitte, Mummy, mach doch, daß er wieder fortgeht.«

Sie sprach mit Dr. Whyler. Sie telefonierte mit Herbs Arzt in dem Sanatorium, und beide sagten ihr: »Dagmar, wir können ihn nicht zwingen. Niemand kann ihn zwingen, seine Therapie wiederaufzunehmen.«

Dr. Whyler kam und versuchte, mit Herb zu reden, aber Herb packte ihn beim Kragen und schleppte ihn in den Korridor und schmiß ihn gegen die Tür des Aufzugs.

»Sie sind an allem schuld!« schrie er. »Sie mit Ihren verdammten Experimenten.«

Dagmar rief Dr. Whyler am nächsten Tag an, um sich zu entschuldigen.

»Nein, Dagmar, nein, nicht Sie sollten das tun, ich muß es tun«, sagte er. »Es ist wirklich noch eine sehr junge Wissenschaft, mit der ich mich befasse, und wahrscheinlich bin ich zu alt dazu.«

Zwei Tage später las sie in der Zeitung, daß Dr. Whyler einem Herzschlag erlegen war.

Und da gab sie die Annonce auf, in allen großen deutschen Zeitungen, denn, so wie Johannes ihren Akzent des Englischen als deutschen Akzent erkannt hatte, so hatte auch sie sogleich gewußt, daß ›James‹ und ›Jane‹ aus Deutschland stammten.

Nun wartete sie und wartete, und Herb blieb tagelang verschwunden. Kam dann zurück, mit einem zerschlagenen Gesicht, ausgeraubt. Zwei Tage blieb er im Bett; sie bekam ein Attest von einem Arzt, der unter ihnen wohnte, daß Herb überfallen worden und bettlägerig sei, und in der Dolmetscherabteilung der UN, in der Herb arbeitete, sagte man ihr, er solle sich Ruhe und Schonung gönnen. Wem könne das heutzutage nicht passieren, auf offener Straße überfallen zu werden, in dieser verdammten verrohten Zeit, in der man lebte?

Herb lag im Bett und kam langsam zu sich, und er weinte und bat sie um Verzeihung.

Er wollte Oliver bei sich haben.

Aber Oliver weigerte sich strikt, zu ihm zu gehen. Er sagte so laut, daß Herb es hören konnte: »Ich will meinen richtigen Daddy wiederhaben, Mummy. Meinen richtigen Daddy. Niemanden sonst.«

Herb preßte sein Gesicht ins Kissen, und Dagmar streichelte seine Schultern, bis er ruhig lag.

»Es wird alles gut werden«, sagte sie, »Danny nimmt Oliver jetzt mit in den Park. Es ist so schönes Wetter, schau doch nur. Der Himmel ist ganz blau.«

Dann kam das Telegramm aus Deutschland und wenig später der Anruf.

Sie erkannte die Stimme sofort, die Stimme der Frau, die ihre ältere Schwester hätte sein können.

»Mary, was können wir für Sie tun?«

»Dürfen wir – bitte, dürfen wir kommen? Zu Ihnen, mein Mann und ich und Oliver?«

»Natürlich.« Doch da war ein deutliches Zögern.

»Es ist – wir waren – mein Mann glaubt mir nicht, daß ich es seinetwegen getan habe.« Und noch leiser: »Wie geht es dem Zauberkind?«

»Gut, Mary, sehr gut. Wir sind sehr glücklich. Wir sind sehr glücklich, daß Sie es uns geschenkt haben.«

»Dürfen wir kommen? Wird Ihr Mann – wird er mit meinem Mann sprechen, ihm erklären, warum ich es getan habe?«

»Natürlich, Mary, oder wollen Sie, daß wir zu Ihnen kommen?«

Jetzt zögerte Dagmar, aber dann sagte sie: »Vielleicht, wenn Herb sieht, daß das Kind glücklich ist, gesund, und wenn er sieht – wer Sie beide sind, vielleicht, ja vielleicht wird er mir dann endlich glauben.«

»Ja, natürlich«, sagte Christine, »ich verstehe.«

Dann war plötzlich Johannes am Apparat und sagte: »Mary, kommen Sie, wann immer Sie können und so schnell Sie können. Und – ich werde mit der Lufthansa Kontakt halten. Nehmen Sie auf jeden Fall einen Lufthansaflug nach Köln. Ja, und sobald ich weiß, daß Sie auf der Passagierliste sind, werden wir Sie erwarten.«

»Ich danke Ihnen«, sagte Dagmar, »ich danke Ihnen sehr.« Und dann konnte sie nicht mehr und wollte nicht, daß diese Menschen, die ihr helfen wollten, vielleicht als einzige helfen konnten, ihr Weinen hörten, und sie legte schnell auf.

Johannes und Christine warteten beinahe vierzehn Tage lang auf ein weiteres Lebenszeichen von Mary.

Dann endlich traf die Nachricht von der Lufthansa ein.

»Eintreffe Mary/Familie 12.00 Uhr Köln.«

21

Es war ein heller, klarer Mittag, der Himmel war hoch und weit, die Dunstglocke über dem Rheintal hatte sich verflüchtigt in unendliches Blau.

»Wenn man es als gutes Omen nehmen könnte –«, sagte Johannes.

»Es ist ein gutes Omen«, sagte Christine, die neben ihm stand, den kleinen Jo auf dem Arm.

Sie sahen sich an und lächelten in der Vertrautheit, die ihre Liebe ihnen geschenkt hatte.

Nur Schang zwei wußte, daß sie ›Besuch aus Amerika‹ erwarteten. Im Hause am Preußweg in Aachen hatten sie gesagt, daß sie endlich wieder einmal Greta Mankiwitz in Bonn besuchen wollten, der in letzter Zeit die Gicht schwer zu schaffen machte und die daher nur noch selten ihr Haus verließ.

Dagmar trug ein orangefarbenes Kostüm, als könne es darüber hinwegtäuschen, wie mager und gealtert sie war. Aber ihre Augen leuchteten in jäher Freude auf, als sie Christine und Johannes und dann das Kind auf Christines Armen sah.

Fest die Hand seiner Mutter haltend, kam Oliver auf sie zu, ein für sein Alter großer und kräftiger Junge, aber mit traurigen Augen.

Und dahinter zögernd, so, als würde er nur gegen

seinen Willen vorwärtsgetrieben, ein hochgewachsener, früh ergrauter Mann, gutaussehend und doch mit den verwirrten Augen eines Menschen, der auf der Flucht ist.

Mary hob die Hände, als wollte sie Christine und das Kind umarmen, aber dann sagte sie nur leise: »Hello, meet my husband, please, and my son Oliver.«

Hinter ihr sagte der hochgewachsene Mann mit den verwundeten Augen: »Ich bin Herb und der Mann dieser Frau und der Vater dieses Sohnes, und wenn –«

»Darüber reden wir später«, sagte Johannes fest. »Wir freuen uns, daß Sie gut gelandet sind. Man sagt, daß Deutschland ohne Regen ein sehr schönes Land sei, und ich habe eine Fahrt ins Grüne oder Blaue, wenn Sie so wollen, für uns geplant. Herb, bitte kommen Sie«, und er ging einfach voraus, und die anderen folgten ihm zum Wagen.

Natürlich hatte Christine in Herb sofort den Amerikaner wiedererkannt, der ihr in jener Nacht des Bundespresseballs begegnet war – auch damals auf der Flucht vor sich selbst und vor Erlebnissen, mit denen er nicht fertigwerden konnte.

Aber sie suchte vergeblich in seinen Augen das Wiedererkennen, und vielleicht, so dachte sie, war das gut so.

Sie hatte damals versucht, ihm zu helfen, hatte ihn zu ihrem Arzt gebracht – würde er sich nun daran erinnern, konnte es ihn eher noch mehr belasten.

Sie schwiegen alle, während Schang zwei sie zum Schloß Auel fuhr, an der Agger gelegen, immer noch idyllisch, obwohl längst Siedlungen das Grün der umliegenden Hügel zerfressen hatten wie Geschwüre.

»Es mag vielleicht in Ihren Ohren ein wenig altmodisch klingen, Herb«, sagte Johannes mit dieser Bestimmtheit, die ihm gleichzeitig das Herz bis in den Hals klopfen ließ, denn er war nicht gewöhnt, sie anwenden zu müssen, »aber ich denke, wir überlassen die Kinder unseren Frauen und machen einen Spaziergang durch den Park. Fürs Mittagessen ist es einfach noch zu früh.«

So blieben die beiden Frauen, die einander nur als Mary und Jane kannten, mit Oliver und Jo auf der Terrasse zurück. Und bald waren Johannes und Herb im dichten Grün des Parks außer Sicht.

»Glauben Sie, daß Ihr Mann es schafft«, fragte Mary leise, während sie auf den Kaffee warteten und den Kindern zusahen. Oliver trug Jo auf seinen Schultern und ahmte das Galoppieren eines Pferdes nach und rief ›Hühott‹, was aus seinen ganz frühen Erinnerungen stammen mußte, als Herb ihn noch auf seinen Schultern getragen hatte.

»Ich glaube, ja«, sagte Jane, die am liebsten gesagt hätte, nennen Sie mich doch Christine. Wir sind doch Schwestern. Sie haben uns doch das Glück unseres Lebens geschenkt, Sie haben mir und dem Mann, den ich liebe, das geschenkt, was ich ihm niemals hätte geben können. Aber sie dachte an Dr.

Whyler, und sie blieb bei der Anrede Mary. Und Mary blieb bei der Anrede Jane.

Und sie warteten voller Geduld und Ungeduld, wie es nur Frauen vermögen, auf die Rückkehr ihrer Männer.

»Sie haben unseren Sohn gesehen«, sagte Johannes auf dem grünen, endlosen Pfad, so erschien es ihm wenigstens, »er ist glücklich. Ein gesundes, glückliches Kind. Und wir werden alles tun, alles versuchen, daß er das bleibt. Daß er heranwächst in einer Umgebung, die alle Voraussetzungen dafür bietet.

Was Ihre Frau für uns getan hat, Herbert, werden wir ihr nie vergessen, und ich – ich kann ja nur ahnen, was sie dazu bewegt hat. Genaues weiß ich ja nicht, aber ich möchte Ihnen sagen, seien Sie stolz auf Ihre Frau. Mary ist so tapfer gewesen damals.«

»Sie nennen sie Mary?«

»Ja, Doktor Whyler fand es richtig, daß wir nie unsere wahren Namen erfahren würden. Wir hätten uns auch nie mehr getroffen, hätte Marys Hilferuf uns nicht erreicht. Ihretwegen, Herb.«

»Sie haben leicht reden«, sagte Herb. »Für Sie ist das eine ganz einfache Geschichte, wie? Sie haben dafür bezahlt.«

»Was sind hunderttausend Dollar gegen das, was Mary für Sie getan hat?«

»Was hat sie denn getan?«

»Sind Sie nicht gesund geworden?«

»Was wissen Sie von meiner Krankheit?«

»Nichts«, sagte Johannes, »aber ich kann sie mir vorstellen. Ich kann sie nachempfinden.«

»Sie sind so selbstzufrieden«, sagte Herb.

»Das bin ich ganz und gar nicht. Ich bin nur dankbar.«

»Wofür?«

»Daß es Frauen wie Ihre Mary und meine Chr – meine Jane gibt.«

»Damit geben Sie sich zufrieden?«

»Ja.«

»Warum?«

»Sind es nicht immer die Frauen, die Kinder gebären und die Schmerzen erdulden – und die Kinder oft genug zu früh verlieren müssen?«

»Das ist doch Scheiße«, sagte Herb.

Johannes blieb stehen.

»Sie haben einen Sohn. Und Sie haben eine Frau, und sehen Sie denn nicht, daß Sie dabei sind, beide zu verlieren, wenn Sie so weitermachen wie bisher?«

»Was wissen Sie von mir?«

»Nicht viel. Ich kann sehen, daß Mary nicht mehr lange durchhält. Ich sehe auch, daß sie Sie liebt. Und sie hat es schließlich fertiggebracht, Sie zu dieser Reise zu bewegen, oder etwa nicht?«

»Ja, schon. Ich wollte endlich wissen, woran ich bin.«

»Gut, jetzt wissen Sie es also. Meine Frau wäre daran kaputtgegangen, wenn wir kein Kind bekommen hätten. Und sie konnte keines bekommen. Ihre Frau hat uns unser Kind geschenkt, damit Sie wieder gesund wurden und einen Sinn in Ihrem Leben fanden. Genügt das nicht?«

»Das glauben Sie?«

»Das glaube ich.«

Sie blieben beide stehen, sahen sich an.

»Ich habe Ihre Frau bis zum heutigen Tage nur einmal gesehen«, sagte Johannes. »Es gab nur ein einziges Zusammentreffen bei Doktor Whyler, der sicher sein wollte, daß niemand von uns seinen Entschluß bereuen würde. Als er uns alles erklärt und auseinandergesetzt hatte, da fand niemand von uns mehr ein Wort. Nur Ihre Frau, Herb, und sie sagte: ›Das Zauberkind‹. Und sie meinte damit, daß alles, was damit geschehen würde, für Sie war. Ja, für Sie. Sie wollte, daß Sie gesund werden, sie wollte, daß Oliver in einer anständigen Umgebung aufwächst, sie wollte, mein Gott, Mann, verstehen Sie doch endlich!«

»Ich verstehe«, sagte Herbert Johnson. »Ja, jetzt verstehe ich.« Sein Gesicht war blaß, aber seine Augen waren nicht mehr die eines Verwirrten, eines Irrenden. Sie sahen Johannes klar an.

»Ich verstehe«, sagte Herb, »und ich werde nicht mehr zweifeln.« Und: »Ich danke Ihnen.«

Sie kehrten schweigend zu den Frauen zurück und zu den Kindern.

Sie waren einsilbig während des Mittagessens, aber die beiden Frauen und die beiden Kinder spürten, da war keine Feindschaft mehr, da war Verstehen, da war ein neuer Glaube. Die Kinder spürten es sicherlich nur instinktiv, aber die Frauen ganz bewußt. Und sie lächelten einander zu, auch sie stumm, aber sie konnten beide frei und offen lächeln.

Niemals würden sie voneinander die wahren Namen erfahren, niemals würden sie einander wiedersehen. Die Kinder würden aufwachsen, ohne zu wissen, was sie verband.

Aber sie trennten sich in Freundschaft, die keiner Worte bedurfte.

Schang zwei fuhr die Verviers über Bonn – zum Nachmittagskaffee bei Greta Mankiwitz – nach Aachen zurück.

›Mary‹ und Herb und Oliver würden die Nacht noch in Schloß Auel verbringen und dann nach Frankfurt weiterreisen, damit Oliver endlich seine Großeltern kennenlernte.

Beim Abendessen sagte der Junge: »Ihr seid so verändert.«

»Wie meinst du das?« fragte Herb und schien verwundert.

»Mummy ißt richtig, guck doch, Daddydo, und du, naja, du kannst ihr ruhig einen Kuß geben, es wird nämlich höchste Zeit.«

Oliver lachte, und sie lachten auch, und sie küßten sich wie vor sehr langer Zeit.